KING

291

Della stessa autrice:

*Matrimonio di convenienza*
*Stronze si nasce*
*Una Cenerentola a Manhattan*
*Due cuori in affitto*
*La verità è che non ti odio abbastanza*
*Appuntamento in terrazzo*
*Prima regola: non innamorarsi*
*Il mio regalo inaspettato*
*Bugiarde si diventa*
*Non è un paese per single*
*Ti aspetto a Central Park*
*Innamorati pazzi*
*Una ragazza d'altri tempi*



Trigger Warning:
attenzione, nella storia sono presenti menzioni relative ad argomenti
che possono toccare la sensibilità dei lettori
quali linguaggio e scene esplicite, uso di alcol,
discriminazione di genere, violenze fisiche,
abusi psicologici, maltrattamenti.

Prima edizione: marzo 2024


ISBN 978-88-227-8399-8

www.newtoncompton.com

Realizzazione a cura di Caratteri Speciali, Roma
Stampato nel marzo 2024 da Puntoweb s.r.l., Ariccia (Roma)

Felicia Kingsley

# Lo Spezzacuori

Blake Avery prima di *Due cuori in affitto*

Newton Compton editori

*Nel 1969 ho lasciato perdere le donne e l'alcol:*
*sono stati i venti minuti peggiori della mia vita.*

George Best

*Essere me è il più bello spettacolo del mondo.*

Liam Gallagher

*Se fossi io a gestire il mio profilo Twitter,*
*probabilmente sarei già in carcere.*

Noel Gallagher

*Se i ragazzi non vogliono che io scriva male*
*di loro nelle mie canzoni,*
*allora non dovrebbero comportarsi male.*

Taylor Swift

# *Blake is back...*

Ormai sono venuta a patti con il fatto che ciclicamente Blake e Summer tornino a bussare alla mia porta, richiedendo la mia attenzione, perciò, se stai leggendo queste parole è perché ancora una volta gliel'ho aperta e li ho fatti entrare.

In realtà, stavolta, c'era solo Blake.

È accaduto tutto a febbraio dell'anno scorso, in prossimità dell'uscita di *Innamorati pazzi*: mi è stato chiesto di rispondere a un'intervista come Blake Avery, quindi, l'intervistato era lui.

Tra le varie domande che gli sono state poste, una è la seguente: «Blake, ci racconteresti il tuo primo bacio?»... e come un fiume in piena Blake ha sfondato gli argini della mia fantasia, non solo illustrandomi il suo primo bacio, ma tutte quelle che sono state le sue storie d'amore, avventure e guai da quando ha cominciato a relazionarsi con l'altro sesso, fino al suo incontro con Summer.

E così, è stato difficile per me non ascoltarlo, al punto che quando le sue avventure sono diventate così prepotentemente presenti e nitide nella mia immaginazione ho pensato di dare vita a questo diario sentimentale, se vogliamo chiamarlo così, di Blake Avery tracciando quello che io ora considero un prequel di *Due cuori in affitto*.

E chissà, magari nella speranza di soddisfare qualche curiosità in più su di lui.

NON SONO UN PAZIENTE
PERCHÉ IO NON HO
PAZIENZA
OFFICE

*Gold on the Ceiling – The Black Keys*

Non ho nessunissimo problema di disciplina io. Non so cosa faccio qui, ma sono sicuro che non dovrei esserci.

«Guardi che è vietato fumare», mi dice la donna seduta alla reception dello studio, aggiustandosi un paio di occhiali sul naso.

«Non lo sapevo», rispondo. Mi sfilo la sigaretta ancora spenta che mi pende dalle labbra e la ripongo nel taschino.

«C'è un cartello proprio sopra alla sua testa».

Stronza.

Affondo nella poltrona della sala d'attesa ancor più scocciato di prima.

Pensa dove devo buttare il mio tempo...

Dal nervoso comincio a picchiettarmi l'accendino sul ginocchio. Forse ho un nuovo mistero per Nick Montecristo in testa e l'idea potrebbe essere una bomba.

Normalmente non mi faccio i complimenti da solo, ma so riconoscere un'idea buona da una di merda e questa è molto, molto buona. E io sono così, quando arriva devo scrivere, tutto il resto passa in secondo piano. Passano in secondo piano le cose che m'interessano, figurarsi quelle che non m'interessano.

In più, l'uscita del mio romanzo è prevista per l'autunno e sono già oltre ogni ritardo possibile sulla scadenza concordata. Nulla di nuovo, l'editore ci è abituato ma stavolta ho battuto ogni mio record personale.

Le idee però mica mi arrivano a comando, e il modo giusto di raccontare la storia neanche, quindi non sono solito farmi influenzare dalla fretta.

Un uomo sulla sessantina compare sulla soglia dello studio e accompagna fuori una ragazza con la coda di cavallo e la felpa della NYU. «Arrivederci, a mercoledì prossimo».

Lei si volta e mi sorride, io le sorrido.

Chissà perché è qui?

«Abbiamo finito con gli appuntamenti di oggi, Mildred, giusto?», chiede il tizio alla receptionist.

«C'è il signor Avery per lei, dottor Zuckerman», gli risponde.

Si volta verso di me e io alzo la mano in cenno di saluto.

Zuckerman mi squadra, inclinando il capo a destra. «Noi non avevamo appuntamento», mi comunica in tono calmo ma deciso.

«A me risulta di sì», obietto. «Mi creda, fosse per me, non sarei qui».

«Avevamo appuntamento ieri», mi corregge con particolare enfasi su "ieri". «Alle tre».

«Ah». Levo gli occhi al soffitto per cercare di ricordare cosa stessi facendo ieri alle tre.

«Già». Perché il suo "Già" suona come "Svegliati, coglione"?

Ma non importa, per me è una mezza buona notizia. «Allora, visto che non abbiamo appuntamento, tolgo il disturbo», dichiaro alzandomi dalla poltrona

Barcelona progettata da Mies van der Rohe, identica a quelle nell'ufficio del mio editore. E le stesse di chiunque conti qualcosa a Manhattan.

«Resti pure, signor Avery. Prego, si accomodi nel mio studio», mi prende in contropiede lui.

«No, la lascio libero. Ho altro da fare».

Il dottor Zuckerman però è irremovibile. «Insisto». E tende il braccio verso la porta ancora schiusa da quando è uscita la ragazza.

E io che già stavo pregustando la sigaretta che mi sarei acceso una volta uscito di qui.

Entro nella stanza, seguito dal dottore, e mi guardo intorno cercando di capire dove sono finito. A differenza della sala d'attesa, seria e anonima, ora ho l'impressione di trovarmi nel salotto di un vecchio zio accumulatore seriale.

«Non sembra lo studio di uno psicologo», osservo notando la collezione di rompicapo in legno che popolano ogni superficie d'appoggio, una scacchiera su un tavolino da caffè interposto fra due poltrone in velluto verde, una libreria murata di fumetti di Spiderman, tutti accuratamente avvolti nel cellophane, calamite souvenir di viaggi, bottiglie vuote di vini pregiati con al collo un cartellino su cui immagino vi sia la ricorrenza per cui sono state stappate. Allungo la mano e con due dita volto il cartellino più vicino a me. "Nozze d'oro mamma e papà". Ci ho preso.

«Come si aspettava che fosse?»

«Non ci dovrebbe essere un lettino da qualche parte? O un busto di Freud sulla sua scrivania?»

«Non mi piacciono i cliché e scommetto nemmeno a lei, signor Avery».

«Blake», sono una persona informale e glielo faccio

capire. «Preferisco Blake. Il "tu" va benissimo. Sappiamo entrambi che non mi trovo qui per mia scelta. Posso chiamarti Greg?»

«No».

«Gregor?»

«No».

«Zucky?».

Stavolta non mi risponde proprio. Si siede su una delle due poltrone e mi indica di accomodarmi sull'altra.

«Tanto perché lo sappia, dottore, non mi sta mettendo a mio agio».

«Non stai cercando di metterti a tuo agio, Blake, stai cercando di dettare le tue regole, che è una cosa diversa. Salti l'appuntamento senza avvisare, ti presenti qui quando ti pare e ora vuoi chiamarmi col nome che piace a te come se fossi il tuo criceto domestico».

«Ok», dico, «siamo partiti con il piede sbagliato. È che, vede, io non credo proprio di aver bisogno di uno strizzace...», mi fulmina con lo sguardo prima che possa finire la parola, «di uno psicologo», aggiusto il tiro.

«Ah, no?»

«Sono qui solo perché mi obbliga il mio editore. Mi ha imposto come vincolo di contratto...».

«Quindici sedute di psicoterapia per gestire i tuoi problemi con la disciplina», conclude Zuckerman.

«Io non ho problemi di disciplina. Io alle mie regole ci so stare».

«E a quelle degli altri?», ribatte lui. «Chi lavora con te lamenta stress e disturbi d'ansia per la tua discontinuità, la tua irreperibilità volontaria e il tuo mancato rispetto delle consegne. A te staranno bene le tue regole, ma agli altri no».

Okay, non sono la persona più facile con cui relazionarsi, vivo nel caos, ma il caos è il mio habitat. Il fatto è che tutti, dai grafici all'ufficio stampa, passando per editor, redazione e pure dal marketing, hanno presentato una pila (si fa per dire, erano e-mail) di lamentele riguardo il sottoscritto.

E, purtroppo, l'editore è d'accordo con loro quindi, nel nuovo contratto – dato che anche io avevo delle richieste – ha fatto mettere nero su bianco che io veda un professionista per lavorare su questo mio "supposto" problema di disciplina, a carico della casa editrice.

«Dunque?», m'incalza Zuckerman.

«Posso fumare?», chiedo ripescando la Marlboro dal taschino della camicia.

«No».

«Le propongo un affare. Quanto la paga il mio editore per le sedute?»

«L'onorario standard previsto dalla mia parcella».

«Lo raddoppio», rilancio. «Le do due volte quello che la paga Paula per riferirgli che la terapia va a meraviglia. Solo che io non vengo, ma questo resta tra di noi».

«Mi stai corrompendo, Blake?»

«Sto dando un valore al mio tempo e al suo. E al mio posto potrà visitare altri pazienti, quindi, col nostro accordo, guadagnerebbe quattro volte tanto».

Zuckerman alza un sopracciglio. «Mai sentito parlare di deontologia, vero?»

«O, anziché quindici sedute, potremmo farne dieci "intensive"», propongo sperando di strappare uno sconto di pena.

«Quindici».

«Undici».
«Stai contrattando?», mi chiede con il sopracciglio increspato.
«Incontriamoci a metà strada. Immagino che la base della terapia sia non forzare il paziente e già io come paziente parto male, dato che dovrei essere dotato di pazienza e io, di pazienza, non ne ho».
«Dodici», rilancia lui. «Ultima proposta».
«Due incontri a settimana», aggiungo. Prima finiamo, meglio è. «Da mezz'ora ciascuno».
«La seduta è di un'ora, Blake. Io non dico a te come fare lo scrittore, tu non dici a me come fare lo psicologo».
«Se non può offrirmi nulla di meglio...», mi arrendo.
«Non siamo al mercato». Il dottore prende taccuino e penna. Scrive qualcosa ma da qui non posso vedere cosa. «Dicevi di non aver problemi con la disciplina, dunque perché ti è così difficile rispettare un impegno che, in fondo, richiede un minimo sforzo da parte tua?»
«Perché sono stato obbligato a fare qualcosa in cui non credo».
«Non credi nella psicoterapia?»
«Sincero? No». Io mi alzo e mi metto a passeggiare per lo studio, gettando uno sguardo al panorama aguzzo fuori dalla vetrata. È una bella giornata e il sole riverbera sugli acciai dei grattacieli rimbalzando nella stanza. Dio quanto ho bisogno di fumare una sigaretta! «Non mi farò aprire come una scatola di tonno per poi sentirmi dire che alla fine la colpa era tutta di mia madre. Anche perché, se ci tiene a saperlo, questa è una cosa che farebbe esattamente mia madre: decidere che io ho un problema, quindi pagare

qualcun altro per risolverlo indipendentemente dalla mia volontà».

«Quanti anni hai, Blake?»

«Trentadue».

«Immagino tu non viva più con tua madre».

«Grazie a Dio, no».

«Ma non siete in buoni rapporti».

«Mio fratello è quello che sa mantenere i buoni rapporti. È nato con la rara e invidiabile capacità di dissimulare», spiego. «E anche di blandire. È un ruffiano e mia madre ha un debole per i ruffiani che appagano la sua vanità».

«Tu non la appaghi».

Passo il dito sui dorsi di una fila di enciclopedie cliniche. «Non appago nessuno, non sono in grado».

«E con i tuoi lettori come fai? Loro hanno aspettative nei confronti dei tuoi libri. Aspettative verso di te».

«Scrivere è il mio lavoro, lo so fare, non è uno sforzo».

Zuckerman mi rivolge un sorriso pacifico, appoggiandosi allo schienale della sua poltrona. «Bene».

«Cosa, bene?»

«Tu scrivi e reputi il tuo lavoro degno di rispetto».

«È così».

«Come reagiresti se io ti dicessi che non credo nella scrittura?», ribatte Zuckerman. «Che non credo nell'inventare storie, farle stampare e poi venderle? Che non credo che tu stia facendo qualcosa di utile? Perché dovrei rispettare te quanto, non so... un cardiochirurgo?».

Vorrei rispondere ma mi ritrovo faccia a faccia con la mia incoerenza. Esigo rispetto per ciò che faccio, vado orgoglioso della mia carriera, di ciò che ho scritto e di quelle che ritengo capacità oggettive, tuttavia ho detto chiaramente di non credere nel lavoro che fa uno psicologo.

«Io...».

«Facciamo così: prendi queste dodici ore come una chiacchierata tra amici. Puoi parlarmi di quello che ti va e io non proverò mai ad aprirti... come hai detto?»

«Come una scatoletta di tonno». Prendo in mano una cornice argentata che lo ritrae abbracciato a una ragazza di circa vent'anni, forse uno o due in più. «È sua nipote?»

«Figlia», rettifica.

«Perdoni la gaffe, è che mi sembra molto giovane...».

«È la mia più piccola, l'ultima di sei. Mia moglie voleva una femmina e dopo cinque maschi è arrivata lei».

«Carina». Avrei un altro aggettivo ma non mi sembra opportuno usarlo davanti al padre.

«Quella foto è vecchia. Si è appena laureata alla Columbia».

«Congratulazioni. In cosa?»

«Scienze del comportamento. Mi affianca in alcune sedute».

Ecco un'informazione utile. «Che giorni?», chiedo con un nuovo e improvviso interesse.

«Non quelli in cui verrai tu», taglia corto. «Lunedì e mercoledì ti vanno bene?».

Riappoggio la cornice sulla mensola della libreria. «Venduti». Figurati se venendo qui due volte a settimana non riesco a incrociarla. «Ho una richiesta».

«Sentiamo se posso venirti incontro».

«Due sigarette», sparo. «Mi metto lì alla finestra e le fumo velocissimo, ma non posso affrontare questo impegno senza una giusta dose di nicotina».

«Una», ribatte lui.

«Una», ripeto tendendogli la mano, che lui stringe. Meglio di niente.

Si alza a sua volta e mi accompagna alla porta, affondando i palmi nelle tasche dei pantaloni.

«A lunedì», lo saluto. Faccio un breve conteggio a mente. «Dodici sedute, sei settimane, quindi un mese e mezzo di incontri, giusto?»

«Undici».

«Ci eravamo accordati per dodici», gli rammento in uno slancio di onestà.

«Erano dodici. Oggi hai tirato fuori tua madre da solo senza che nemmeno te lo chiedessi. Complimenti, Blake, hai concluso con successo la tua prima seduta di psicoterapia».

Zuckerman mi guarda con soddisfazione come se mi avesse messo nel sacco.

È la seconda volta che mi spiazza, in un'ora.

Lo rispetto, ma non mi piace.

«Undici», confermo avviandomi all'uscita, con la sigaretta tra le labbra, pronto ad accendermela appena sarò fuori di qui. «Alla prossima».

«Ah, Blake», mi richiama prima che possa chiudermi la porta alle spalle. «Ancora una cosa».

«Sì?»

«Giù le mani da mia figlia».

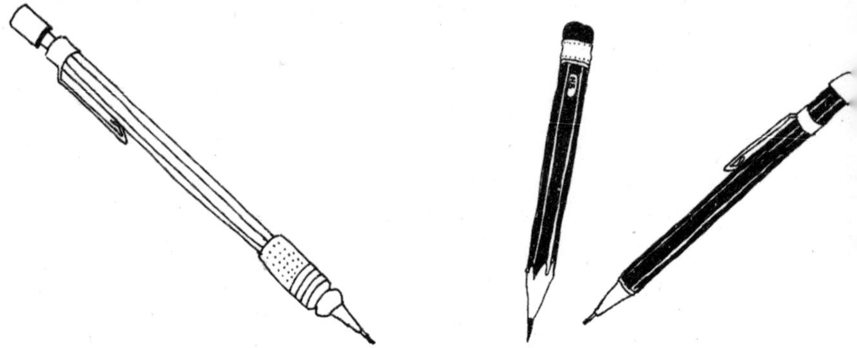

# IL MIO PRIMO BACIO

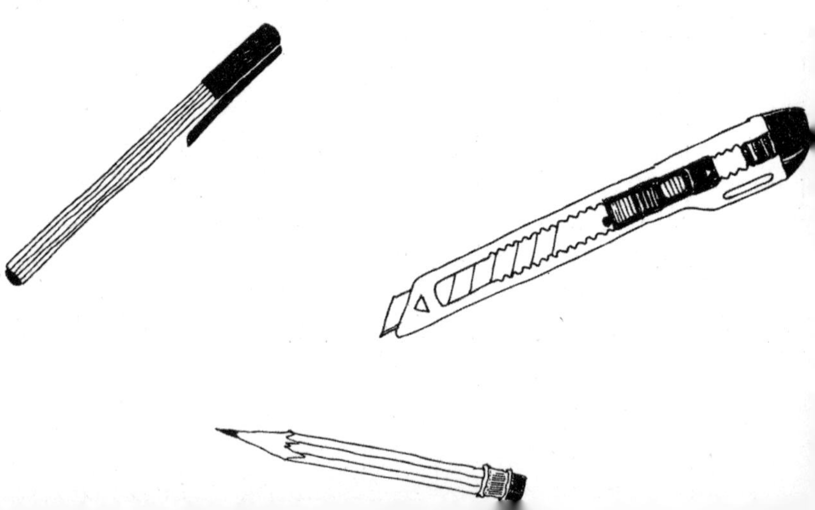

*Teenage Dirtbag – Wheatus*

«Sei in ritardo», è il saluto di Zuckerman quando arrivo nel suo studio.

Lo so. «Ho trovato traffico sulla...».

«Qualunque cosa tu stia per inventare, risparmiamela».

«Mi sono addormentato sul divano», ammetto sedendomi sul davanzale del suo studio pronto ad aprire la finestra per accendermi una sigaretta. «Ho lavorato fino all'alba. Avevo degli arretrati».

«Non vuoi aspettare un po' prima di giocarti il tuo bonus sigaretta?»

«Conto di farmela durare». Almeno spero. «Ah, dimenticavo, volevo porgerle le mie scuse per il commento che ho fatto su sua figlia la volta scorsa: sono stato inopportuno».

«Non mi sono offeso. So da me che è una bella ragazza».

«Lo è, ma sono stato fuori luogo. Lì per lì mi è uscito spontaneo, poi ci ho riflettuto e ho pensato che forse mi sono preso una libertà che non mi ha concesso».

«Lo fai spesso?»

«Cosa? Di prendermi libertà che in teoria non ho?».

Il dottore si sistema una grinza invisibile sulla camicia. «No, di ripensare a ciò che dici e ciò che fai per poi autovalutare il tuo comportamento».

«Non sono il tipo che si riascolta perfino le note vocali che manda nelle chat, se è questo che intende. Ogni tanto mi capita di avere dei flashback di momenti anche non particolarmente significativi ed è come se mi vedessi da fuori. Stavolta mi sono percepito in errore. E volevo tranquillizzarla: non ci proverò con sua figlia. Non l'ho cercata sui social o cose simili, se aveva questo timore».

«Mia figlia è intelligente e giudiziosa, non si fa fregare da quelli come te».

«Quelli come me?»

«Come si chiama?», mi domanda a bruciapelo.

Non capisco di che stia parlando. «Chi?», chiedo confuso.

«Quella con cui sei uscito ieri sera», specifica.

«Non sono uscito con nessuna. Né ieri, né ieri l'altro», chiarisco.

«Mhmm», il dottore annuisce, il viso contratto in una strana smorfia. «Quindi ti sei fatto un succhiotto sul collo da solo?»

«Ah...». Tana per me. «Lei...».

«Non ti ricordi il suo nome, è così?»

«Ma certo che me lo ricordo. Lana». O Leanna. Sono sicuro al novantanove virgola nove per cento che fosse Lana.

«Sai, uno dei fondamentali del mio lavoro è non giudicare. Puoi dirmi la verità, non ho un libro nero segreto su cui appuntare le tue note di demerito. E poi, da uomo a uomo, ci sono passato prima di te, non mi racconterai nulla che mi sciocchi».

«Dottore», commento in tono canzonatorio. «Nasconde un torbido passato da *tombeur de femmes* che vuole condividere con me?»

«Ho sei figli, Blake, pensi che siano stati concepiti con la forza del pensiero?»

«Effettivamente no», riconosco. «In ogni caso, sono stato sincero: lei mi ha chiesto se sono uscito con una ragazza e io le ho detto la verità. Io e Lana non siamo usciti, è stata lei a venire a casa mia».

Tra me e Zuckerman si è stabilita questa competizione non ufficiale per cui uno dei due deve vincere il braccio di ferro verbale in corso e stavolta credo proprio di essere stato io.

Lui ridacchia e scuote la testa con finta aria di rimprovero. «Ti dicono mai di no, le donne?»

«Dipende dalla fase della mia vita di cui parliamo. Se di quella attuale, no. E la mia non è arroganza», metto le mani avanti. «Ma nel mio passato, diverse volte».

«Diverse?»

«Già, e il più grosso due di picche l'ho preso proprio dalla mia primissima cotta».

«Quanti anni avevi?»

«Tredici».

«Una compagna di scuola?»

«Per fortuna no, sarebbe stato troppo umiliante rivederla in classe ogni giorno dopo essere stato rifiutato. Era Lindsay, la mia baby-sitter».

«A tredici anni avevi ancora una baby-sitter?», mi chiede il dottore, stupito.

«Suona meglio di secondino. I miei non si fidavano a lasciarmi solo a casa».

Zuckerman sorride con piglio furbo. «Capito».

«Cosa ha capito?»

«Nulla. Dato che ti ho promesso di non psicanalizzarti, non farò commenti sul fatto che la tua prima cotta fosse per una persona che faceva le veci di tua madre».

«Se avesse visto Lindsay, si sarebbe preso una cotta pure lei, si fidi».

«E come hai preso questo due di picche? Se era la tua baby-sitter, sarà stata molto più grande di te. Hai davvero avuto il coraggio di dichiararti?»

«Partendo dal presupposto che a me il coraggio non è mai mancato – cosa che non mi ha risparmiato diverse figure di merda, come quella che sto per raccontarle – Lindsay aveva sedici anni. Tre anni non sono una differenza anagrafica abissale. Almeno, non lo sarebbero oggi, ma tra adolescenti corrispondono a quindici. Era la figlia dei nostri vicini, amici di famiglia, quindi i miei si fidavano…».

∾

«Stasera abbiamo una cena di beneficenza», mi comunica mia madre, intenta a sistemare la spesa nella dispensa. È una delle poche mansioni che non svolge la domestica e che la fa sentire "occupata" in casa. Le serve per mantenere la sua immagine di madre-moglie-lavoratrice multitasking. Anita, come dice lei, "la aiuta".

Anita fa tutto tranne appunto ridisporre la spesa e gli indumenti stirati, task sufficienti a mia madre per poter aggiungere "Senza contare gli arretrati che ho a casa…" nelle conversazioni.

«Un'altra», osservo io. Lei e papà ne hanno già avuta una questa settimana e un convegno. Il loro lavoro è proprio organizzare eventi di beneficenza, il che li ha resi soci *de facto* di ogni charity di Manhattan e dintorni.

«Guarda che se vuoi venire anche tu, sei ben accetto, lo sai», ribatte lei.

Bugiarda.

Nessuno dei due ci crede: i miei non mi ci vogliono e io non ci penso neanche ad andare.

«Non sono una scimmietta ammaestrata a suonare l'organetto da esibire», rispondo. Per unirmi ai miei e mio fratello Simon sarei tenuto a contribuire alla serata con una performance artistica. In genere, si tratta di un *moment* musicale, oppure un recital di poesie.

C'è anche l'alternativa ballo ma io sono ancora troppo piccolo per fare da cavaliere alle figlie dei soci. In quello, invece, Simon è perfetto.

Si fa prima a dire in cosa, mio fratello, non sia perfetto.

Lui di anni ne ha quasi diciotto, prende ottimi voti in ogni materia, è già stato ammesso a Yale, è il capitano della squadra di basket del liceo, è primo violino nella New York Youth Symphony, vince ogni competizione possibile inventata dall'uomo ed è il fiore all'occhiello di casa Avery.

O, come dice mia madre quando lo presenta in giro, «È il figlio che mi ha fatto venire voglia di averne altri».

Sarebbe meglio dire "altre".

Volevano una femmina, non ne hanno mai fatto mistero. I miei, amanti delle simmetrie e degli equilibri perfetti, dopo un primogenito maschio, desideravano una principessa di papà, una Mini-me di mia madre, con cui si sarebbe presentata agli eventi in abiti gemelli.

Sono arrivato io. Decisamente non femmina e drammaticamente imperfetto.

La loro unica speranza era che diventassi un clone di mio fratello, ma quell'aspettativa non poteva rivelarsi più malriposta.

Dopo anni di «Perché non fai come Simon che... bla bla bla...?», hanno capito che non siamo della stessa pasta.

Anche io ho la cameretta piena di premi, ma di partecipazione. Quelli che si danno a chi non ha vinto per non farlo sentire da meno.

Tutte gare di nemmeno io ricordo cosa a cui ho preso parte.

Ho buoni voti, non eccellenti, ma comunque dignitosi. Io ne vado orgoglioso dato che per ottenerli non devo neanche studiare, mi basta stare attento in classe; i miei invece sono di tutt'altro avviso. «Tu pensa se studiassi! Avresti voti anche più alti di Simon», è il disco preferito di mio padre, che ancora non ha capito che a me la competizione con mio fratello non interessa.

Non voglio essere il secondo Simon Avery, voglio essere il primo Blake Avery.

«È il gala annuale della charity degli Sloan, sono due mesi che lavoriamo per metterlo in piedi. Sloan Senior stasera passerà ufficialmente il testimone della guida dell'ente di beneficenza a suo figlio minore, Rafferty; c'è tutta la Manhattan che conta», riattacca mia madre. «È importante».

Io sono entrato ufficiosamente nella lista di ospiti non graditi quando, dopo essermi addormentato appoggiato al tavolo del buffet durante un lunghissimo e soporifero discorso di menzione d'onore a qualche benemerito tizio, sono crollato ribaltando tutto il ben di Dio che vi era apparecchiato.

Sono caduto proprio su una delle estremità del lungo piano, posata su un cavalletto, e ho messo in pratica alla perfezione il concetto di leva: la caraffa del punch al maraschino si è catapultata in aria innaffiando tutti i presenti.

Ripensandoci mi fa molto ridere, peccato che in quel momento non ha riso nessuno.

«Comunque, immaginando che non avresti voluto unirti a noi, ho già chiesto a Lindsay se può stare qui con te, finché non torniamo».

Sììì! «Ok», rispondo cercando di celare con il mio miglior impegno l'entusiasmo.

Lindsay è la figlia dei Kelso, i nostri vicini. Abitano nella casa accanto alla nostra da quando si sono trasferiti qui nei sobborghi di New York da Chicago. Ha sedici anni e da tre è la mia baby-sitter.

Non che io, a tredici anni, abbia bisogno di una baby-sitter: so usare un microonde, mi lavo i denti prima di andare a dormire e non apro agli sconosciuti; più che altro i miei temono che, lasciandomi solo, io dia fuoco al quartiere, credo.

A me va bene perché… be', per me Lindsay è la ragazza più bella, dolce e simpatica del mondo.

Non mi tratta come un bambino, non mi fa le ramanzine e quando è qui, sta con me, non si limita a tenermi d'occhio mentre si fa i fatti suoi.

Guardiamo un sacco di film dell'orrore, ordiniamo d'asporto, giochiamo ai giochi di società… si comporta come se le piacesse davvero stare con me.

E a me piace parecchio stare con lei. Anzi, mi piacerebbe stare con lei in tutti i sensi possibili.

«Ho già tolto dal freezer due porzioni di sformato ai broccoli da scaldare per cena. Non mangiate schifezze».

«Certo», confermo serio, consapevole che quelle due porzioni le allungheremo a Bernard e Maple, appena i miei saranno usciti di casa.

Bernard è il senzatetto che "abita" nel nostro quartiere, fa su e giù per le strade tutto il giorno con il suo carrello, insieme alla sua cagnolina Maple. Come dice lui: «Teniamo d'occhio la situazione». Infatti, più volte ha messo in fuga ladri e malintenzionati che si aggiravano nei paraggi.

Una cosa che non ho mai capito è perché i miei genitori si facciano in quattro per la beneficenza in Mongolia, ma non abbiano mai alzato un dito per Bernard che è quasi di famiglia. Forse perché aiutare lui non fa notizia, non so.

~

«Quindi tu non fai beneficenza?», mi domanda il dottore.

«Ritengo che sia il cancro della società: finché i governi vedranno che a farsi carico dei problemi ci sono i privati cittadini con i loro risparmi, non metteranno mai davvero in atto delle risoluzioni serie e definitive per tirare fuori dalla merda chi ne ha bisogno», decreto. «Detto ciò, faccio un sacco di beneficenza, ma la mia non è del genere che interessa ai giornali».

«Tipo? Ti chiedo per curiosità, perché forse potresti darmi qualche buona idea».

«Mando uno specialista in disturbi dell'apprendimento nelle elementari dei quartieri più critici di New York a spese mie, compro presidi sanitari come carrozzine, stampelle, deambulatori per i centri disabili e anziani; ho fatto installare un ascensore nuovo in un condominio abitato quasi interamente da anziani indigenti a Flushing; faccio scorte di latte in polvere e pannolini per alcuni punti di assistenza famigliare... Nulla che mi valga una medaglia, ma sono piccole cose che fanno la differenza nel quotidiano di tante persone».

«Ho capito, preferisci l'efficacia del qui e ora. A proposito di qui e ora, stavi parlando di Lindsay, scusa ti ho distratto».

∾

Simon, mio padre e mia madre si infilano le giacche appena Lindsay suona il campanello. Indossa la divisa gialla, bianca e azzurra delle cheerleader e le sta una favola.

«Finisci i compiti e non andare a letto troppo tardi», mi saluta mia madre dandomi un bacio sbrigativo sulla testa. «Questi capelli sono da tagliare. Ciao, Lindsay, noi torneremo tra mezzanotte e l'una».

«Nessun problema, tanto domani entro a scuola un'ora dopo. Buona serata, signori Avery», dice Lindsay entrando e, una volta chiusa la porta alle sue spalle, si rivolge a me. «Pizza o cinese?».

Devo spiegare perché la adoro?

Appena l'ho vista, mi è sembrato di sentire il cuore battere più forte.

Mi succede sempre, ma ogni volta più della precedente.

Lindsay ha un sorriso luminoso e caldo, che le accende tutto il viso. Peccato che si trattenga dal sorridere a bocca aperta per non mostrare l'apparecchio. Quando è con me non si pone questo problema, ma quando ci sono altri – tipo Simon – se ne vergogna.

Fino all'anno scorso aveva una cotta per mio fratello, infatti mi faceva sempre un sacco di domande su di lui e una volta l'ho vista mentre annusava di nascosto una sua felpa rimasta sul divano.

Poi, Simon si è messo con una ragazza del giornale scolastico, che lui dirige, e Lindsay non mi ha più domandato nulla.

Frequenta lo stesso liceo di mio fratello e non comprendo come lui abbia fatto a non notarla: è la più bella che abbia mai visto.

Ho fregato l'annuario di Simon e ho fotocopiato la pagina con Lindsay, che tengo nascosta nella cornice della foto di famiglia di Natale. La guardo tutte le sere.

«Si sono scordati l'olio piccante», protesta Lindsay, addentando la sua pizza, quando ce la consegnano mezz'ora più tardi.

«Meglio, così ne mettiamo quanto ci pare», replico io. «Nella credenza ce n'è una bottiglia nuova», le indico, ricordando dove lo ha riposto mia madre oggi.

Lei si tende sul bancone per recuperarlo, ma la mensola è troppo alta e le sfugge per poco.

Mi avvicino e con il minimo sforzo afferro la bottiglia e gliela passo.

«E poi, che altro? Mi aprirai i barattoli della marmellata?», mi prende in giro lei.

Quest'anno ho fatto il famoso "scatto di crescita", mi sono alzato di venti centimetri in un paio di mesi raggiungendo quasi in altezza mio padre e mio fratello. Secondo il pediatra, è probabile che li superi… almeno in questo.

«So che tua madre è contraria alle "schifezze" e non ne compra mai, però non si può guardare un film dell'orrore mangiando spicchi d'arancia, perciò guarda cosa ho portato…», e Lindsay sfila dallo zaino un sacchetto gonfio di marshmallows.

«Io penso al film, tu sciogli il cioccolato», dico.

Venti minuti più tardi siamo sul divano a intingere marshmallows in una ciotola di cioccolato fuso davanti a *La notte dei morti viventi*, edizione restaurata.

Lei è accanto a me, le nostre ginocchia si sfiorano e le nostre dita s'intrecciano involontariamente (be', non proprio involontariamente) alla ricerca dei batuffoli zuccherosi.

Forse l'accompagnamento di sottofondo delle urla di zombie cannibali non è la colonna sonora più romantica ma il braccio sinistro quasi mi pizzica, implorandomi di cingerle le spalle.

Vorrei stringerla, vorrei sentirla addosso a me, vorrei fare qualcosa ma non so bene cosa.

Lei si volta a guardarmi e mi sorride. Ricambio. Ma se le piacessi anche io?

«Sei sporco di cioccolato sulla punta del naso», mi fa notare.

Cavolo.

Ci dedichiamo di nuovo al film, lei affossata nel divano, rilassata, con la testa che poggia appena contro il mio braccio.

Ma se provassi? Quasi quasi mi butto…

Fingendo di stiracchiarmi, levo le braccia in alto e le allargo, per poi abbassarle con calcolata lentezza, finché la mia mano sinistra non atterra sulla sua spalla.

Lindsay si volta a guardarla e io, spaventato da una sua eventuale reazione, batto in ritirata, inventandomi un diversivo.

Mi allungo dal suo lato. «Scusa, Lindsay, vorrei prendere il telecomando. Il volume è un po' basso…».

Codardo.

Blake Avery, sei un codardo senza palle.

«Te lo passo io».

Rimugino sulla mia mancanza di spina dorsale e valuto di riprovare la mossa.

Dopo una decina di minuti, risollevo il braccio ma stavolta lei si gira a guardarmi prima che io possa concludere l'operazione, così ripiego portandomi la mano alla testa e spostando all'indietro il ciuffo che mi ricade sulla fronte. «Forse ha ragione mia madre, devo proprio tagliarmi i capelli».

Che vigliacco.

«A me piacciono», ribatte lei. «Secondo me ti stanno bene così lunghi. Sembri più grande».

Ehi, ma è un complimento!

«Dici?».

Lei si arrotola una mia ciocca intorno all'indice e io trattengo il respiro per quello che a me sembra mezzo secolo.

«Sì», conferma, spostandomi la ciocca dietro l'orecchio. «Magari ti serve un'aggiustata per dargli una forma, ma li terrei lunghi. Poi, lunghi?! Non ti arrivano neanche alle spalle».

«Per mia madre, oltre quattro centimetri sono considerati lunghi».

«Se vuoi, te li posso sforbiciare io», mi propone. «Me la cavo, sai, con i capelli. I miei li taglio sempre da sola».

«Ci sto». Avrei accettato anche se mi avesse detto di usare un tagliaerba, bendata.

Nel giro di cinque minuti, il film viene abbandonato e io sono su una sedia con un asciugamano appoggiato alle spalle. Lindsay mi gira intorno spruzzandomi acqua sui capelli e pettinandoli via via per definire la linea di taglio.

E io non potrei sentirmi più in paradiso di così, mentre le sue dita affondano tra le mie ciocche.

La mia fantasia vola verso scenari inediti, tipo io che l'afferro per la vita e me la metto a sedere in grembo, la stringo a me e la bacio.

Fino all'anno scorso le ragazze mi hanno sempre fatto schifo, e il pensiero di scambiare la mia saliva con qualcun'altra mi faceva venire i brividi di orrore, ma con Lindsay non vorrei fare altro.

Cioè, immagino ci sia dell'altro, credo che mi piacerebbe fare anche dell'altro con Lindsay, ma dato che non ho mai baciato nessuna prima, mi piacerebbe baciare lei.

La mia trance da estasi si aggrava quando li asciuga con il phon, con le sue mani che mi sfiorano il collo, le orecchie e la fronte per "darmi la piega".

«Fatto», annuncia soddisfatta. «Devo dire che mi è uscito proprio un bel lavoro. Certo, bisogna ammettere che la base di partenza ha il suo merito», conclude con un occhiolino.

Mi guardo nello specchio dell'ingresso e in effetti sono una versione molto migliore del me stesso che sono abituato a vedere.

Non patinato come Simon, ma neanche «travolto da un tornado» – parole di mia madre – come al solito.

«Scommetto che a scuola le ragazze fanno la fila per te», mi osserva appoggiata alla parete, con le braccia conserte. «Domani le stenderai tutte».

«In realtà, no. O, comunque, se ci sono io non ne so nulla».

«Sei bellissimo, figurati se non hai già spezzato qualche cuore!».

«Lo pensi sul serio o ti stai solo vantando della tua opera?». Vorrei tanto che lo pensasse sul serio; prego dentro di me che lo pensi sul serio.

«Sì, mi sto vantando», risponde compiaciuta, uccidendomi un po'. «Ma ti confesso che guardandoti mi fai venire voglia di avere di nuovo tredici anni».

Era quello che volevo sentire. Non ho un metro sotto mano, ma solo questa frase sono certo mi abbia fatto crescere di altri due centimetri.

«Vuoi finire di vedere il film?», mi domanda, risvegliandomi dai miei viaggi mentali.

«Mi ha un po' stancato», ammetto. «Giochiamo a Scarabeo?»

«Dopo che l'ultima volta mi hai stracciato componendo "irrefragabilità" ci rinuncio in partenza, Blake».

«Trivial Pursuit?», rilancio.

«Sai le risposte a memoria, non è divertente», sospira lei. «Twister? È un pezzo che non ci giochiamo!».

«Twister, andata!».

Ho accettato senza la minima malizia, ma dopo i primi due turni, io e Lindsay ci ritroviamo pericolosamente più vicini di quanto non siamo mai stati prima.

E il mio corpo è quantomai consapevole del suo: la mia gamba sinistra tra le sue, il suo seno che mi sfiora il torace... Blake, mantieni il controllo, Cristo santo!

Come se questo non bastasse, si è aggiunta l'aggravante del caldo che l'ha portata a sfilarsi il golfino e restare con il top della divisa. Non è scollato a livelli rivelatori ma la bretellina rosa del reggiseno che le è scivolata giù dalla spalla mi sta facendo dare i numeri.

Il bello di giocare a Twister in due è che, non essendoci un terzo a ruotare la freccia, sono i giocatori a scegliere la posizione che dovrà assumere l'avversario, e questo scatena i più sadici e mefistofelici istinti dei concorrenti per mettersi in difficoltà a vicenda senza sconti.

Lindsay non ci va leggera e anche io ne approfitto, trovando soluzioni sempre più a incastro tra me e lei.

«Piede destro sul giallo», dichiaro, sapendo che in questo modo finiremo una sopra all'altro.

E quando succede, i capelli le ricadono giù dalla spalla come una cortina di seta fino sul mio viso e io ne approfitto per inspirare il suo profumo.

È un mix di zucchero a velo e camomilla e mi dà alla testa.

Io la guardo, lei mi guarda, dimenticandosi di darmi il comando su che colore spostarmi.

Indugiamo un secondo di troppo e lei perde l'equilibrio, franandomi sopra.

Ci ritroviamo a terra, sul tabellone di cerata, lei addosso a me. Se non fosse un incidente, sembreremmo abbracciati e, con il suo volto a due centimetri dal mio, il cervello mi ordina una cosa sola: baciala!

Baciarla? Ma io non ho mai baciato nessuna!

Baciala!

Adesso?

Sì, baciala adesso!

La bacio.

Cazzo, la bacio.

Mi tendo in avanti quanto basta per raggiungere la sua bocca con la mia e realizzo che lo sto facendo davvero. Sto baciando Lindsay.

Reagisce con un sussulto sorpreso e a me monta il panico, convinto che stia per arrivarmi una sberla, ma lei invece rimane lì.

Non si è spostata, non si è staccata, le nostre bocche sono ancora in contatto.

Vabbè, me la gioco fino in fondo.

Non ho la più pallida idea di cosa fare e come farlo, ma mi butto.

Schiudo le labbra e, con la punta della lingua, mi faccio largo tra le sue.

Non ci credo che stia succedendo davvero.

L'ho immaginato centinaia di volte, me lo sono sognato così tanto da diventare il mio primo pensiero ogni volta che la vedo.

Ed è tutto così... spontaneo. Mi sono sempre chiesto come facesse mio fratello a baciare la sua ragazza tutto quel tempo senza soffocare, non capivo da che parte piegare la testa, il naso va a destra o a sinistra, ma i denti si sentono, e se mi manca il fiato?

Lindsay risponde al mio bacio e io non potrei chiedere di meglio. Non mi è andata bene, di più.

Già mi immagino i pomeriggi con lei a studiare insieme dopo la scuola, al cinema da soli nell'ultima fila...

Incoraggiato, le tuffo le mani tra i capelli.

«Oh, cavolo», esclama lei ritraendosi di scatto. «Blake».

«Ci sono i miei?», domando allarmato, tirandomi a sedere. Ero così preso dal momento che non ho sentito la porta.

«No», ansima trafelata.

«No?», domando confuso. Non capisco, stava andando tutto benissimo, cosa è successo?

«Non possiamo farlo», dichiara. «Questo... baciarci, non va bene», scuote la testa con aria quasi spaventata.

«Ma come, non va bene?». È come se mi fossi preso una secchiata gelata.

«Tu hai tredici anni, io sedici», mi ricorda. «C'è troppa differenza d'età tra noi due».

«Tra poco ne compio quattordici», ribatto convinto di aver usato un'argomentazione vincente.

«L'anno prossimo saremo nella stessa scuola, tu nelle matricole, mentre io farò domanda per il college. Sarebbe troppo strano, capisci?»

«Ma anche tu mi stavi baciando...», obietto, «credevo di piacerti».

«A me piace tuo fratello, Blake».

Seconda secchiata, dentro questa però ci sono pure i cubetti di ghiaccio e mi lasciano qualche livido. «Ti piace ancora Simon?»

«Sì, cioè, tu me lo ricordi molto, nell'ultimo anno hai fatto anche un grosso cambiamento fisico, però... non può funzionare», conclude. «Meglio se restiamo solo buoni amici».

«Non c'è proprio possibilità che tu t'innamori di me, vero?», chiedo in un ultimo disperato tentativo. Quanto sono patetico.

Lindsay si stringe nelle spalle, abbozzando un sorriso penoso. «Non credo».

«Tu mi piaci molto, però».

«Se ti guarderai un po' intorno, a scuola, troverai un mucchio di ragazze carine della tua età che non vedono l'ora che tu chieda loro un appuntamento».

«Da zero a clown quanto mi sono reso ridicolo?»

«Tu non sei ridicolo, Blake. Non sai a quanti ragazzi servirebbe il tuo coraggio».

Nell'attimo di silenzio in cui ci fissiamo, prendendo atto del punto di svolta a cui ci troviamo, sentiamo dei passi salire i gradini di pietra davanti all'ingresso.

«Sono tornati i tuoi, vola su in camera, dovresti essere già a letto».

E io me la filo per le scale un attimo prima che i miei genitori entrino e Lindsay li saluti.

«Ben tornati, signori Avery. È stata una bella serata? Qui tutto tranquillo... Ciao, Simon».

Nascosto nel cono d'ombra del pianerottolo, tra le colonne del corrimano, sbircio Lindsay che fissa adorante mio fratello, spostando il peso da un piede all'altro come se fosse sulle spine. Lo guarda di sottecchi, le guance appena arrossate, in attesa di un suo cenno.

«Ehi, Lind», è tutto ciò che le risponde senza degnarla di un'occhiata, per poi imboccare le scale con lei che ancora lo fissa, forse con lo stesso sguardo che io le sto rivolgendo in questo momento.

Simon s'infila in camera sua, ignaro che la ragazza che piace a me ha una cotta per lui.

Chi ha il pane...

~

«E così è come il mio piccolo e giovane cuore è andato in frantumi. Che dice, dottore? È un trauma su cui vale la pena lavorare?», domando a Zuckerman.

«Sembri averlo superato piuttosto bene. È invece sempre molto interessante sentirti parlare di tua madre».

«Facciamo così, alla prossima seduta che ne pensa se mando lei al posto mio? Capirebbe molte cose e forse potrebbe decidere di lasciarmi libero da questo vincolo della terapia, una volta conosciuta lei».

«Mi spiace, Blake, non mi hai convinto neanche

stavolta», ribatte alzandosi dalla sua poltrona per accompagnarmi alla porta. «Compiti per casa: scrivimi una lista dei tuoi pregi e dei tuoi difetti».

«Difetti?», chiedo. «Io non ho difetti».

«Ecco, tra i pregi metterei sicuramente l'umiltà. Ci vediamo mercoledì».

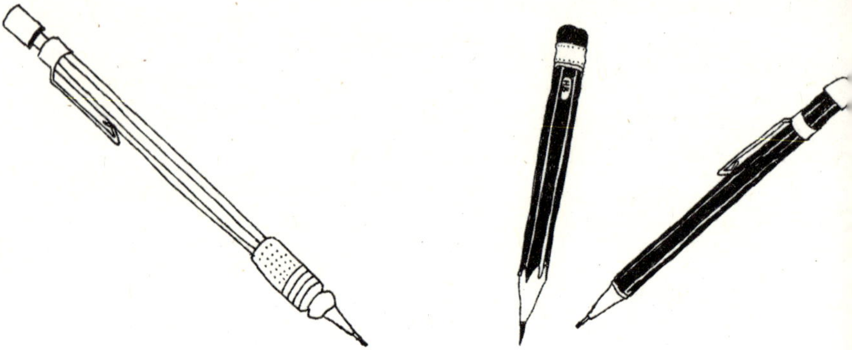

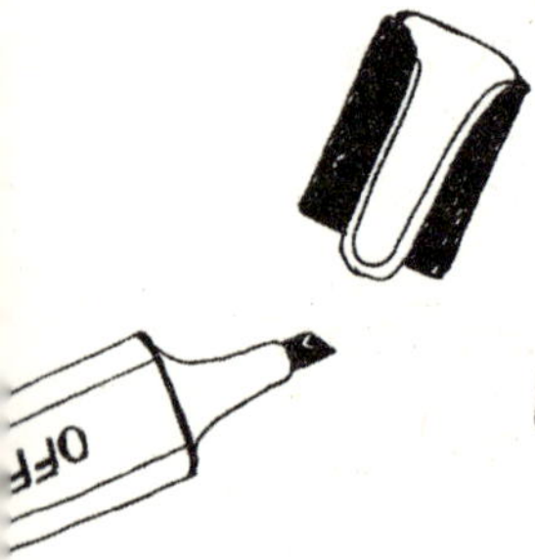


# LA MIA PRIMA VOLTA

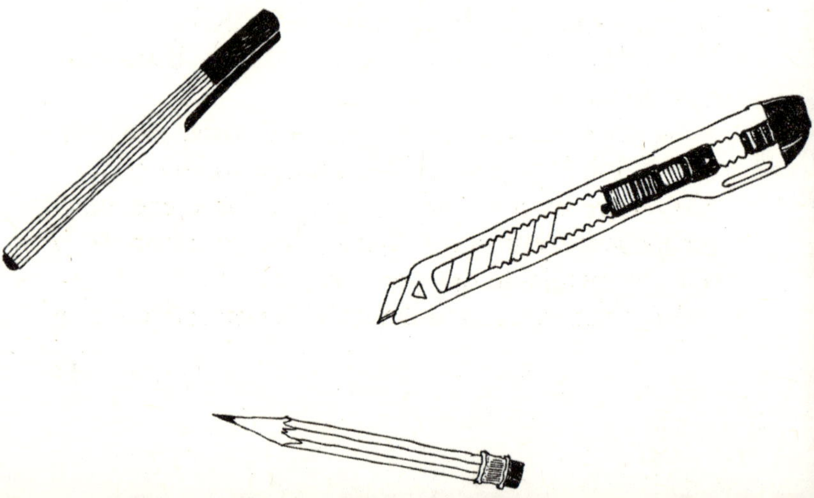

*I Just Had Sex – Lonely Island (feat. Akon)*

«Che sei in ritardo lo sai già, vero?», mi domanda il dottor Zuckerman quando entro nel suo studio.

«Sono uscito senza cellulare, così sono tornato a prenderlo», mi giustifico.

«E non mi rispetti a sufficienza neanche per inventarti una scusa decente».

«No, anzi, la rispetto abbastanza da dirle la verità. Ho scritto la mia lista dei pregi e dei difetti nella app note e quindi mi serviva».

Il dottore mi guarda sorpreso, mentre schiudo la finestra. «Hai davvero compilato la lista come ti avevo proposto?»

«Primo pregio», dico aprendo le note con la sinistra e infilandomi la sigaretta tra le labbra con la destra. «Ascolto tutto, anche quando non sembra».

«Non ignorare le persone che ti parlano, Blake, non è un pregio, è semplice educazione».

«Su questo abbiamo due punti di vista, temo, inconciliabili: lei è pagato per ascoltare, io no».

Mi arriva un messaggio vocale da Sasha che, inavvertitamente, anziché archiviare, faccio partire, e la sua voce petulante riempie la stanza.

«Vuoi aggiungere un difetto alla tua lista? Eccone un

altro: disorganizzato e dispersivo. Due, due difetti. Io non sono più tua moglie e non sono la tua baby-sitter. Sono la tua agente, non posso stare dietro a tutti i tuoi impegni e alle tue scadenze. Dove sono le risposte alle interviste che dovevi inviare questa settimana? Poi, mi avevi promesso la sinossi per il prossimo romanzo e ancora non l'ho vista... L'editore ti ha mandato i contratti da firmare già tre volte, controlla lo spam... Non ne posso più, trovati un'assistente personale, Blake...». Interrompo il suo messaggio che contiene ancora un minuto e mezzo di registrazione.

«Disorganizzato e dispersivo», ripeto.

«Credo di essermi perso qualche puntata: Sasha è la tua agente? Ma anche la tua ex moglie?»

«Sì, ma sposarci è stata una decisione sbagliata e lo abbiamo riconosciuto lucidamente entrambi. Siamo i divorziati più felici del mondo perché non vedevamo l'ora di lasciarci. Però, devo ammettere che Sasha è stata utilissima ad aiutarmi a compilare l'elenco dei difetti, si può dire che lo abbia scritto tutto lei».

«Forse non è proprio un elenco obiettivo».

«Sasha non mi fa sconti, mi creda».

«Infatti. Magari è anche troppo severa, no? Leggimi i pregi».

«Carismatico», declamo con orgoglio. «Determinato...».

«Ah, partiamo col botto, proprio!».

«Non è d'accordo?»

«Prova a leggermi qualche pregio di cui beneficino anche gli altri, non solo la tua vanità».

«Ahm...», li scorro a uno a uno cercando qualcosa di altruistico. «Questo no, questo no, questo nemmeno... Vediamo...».

«Non dirmi che è così difficile?»

«Ce l'ho. Sono disposto a fare la figura del coglione per proteggere altri».

Il dottore mi guarda con le sopracciglia aggrottate. «Cioè, ti addossi colpe che non sono tue?»

«No, mica sono un martire. Intendo che se qualcuno può uscire male da qualche situazione e a me non costa nulla metterci la faccia per fare da scudo, non mi tiro indietro».

«Detto così, sembra molto nobile. E davvero tu lo fai in maniera del tutto disinteressata?»

«Ho un esempio che secondo me le metterà ben a fuoco il concetto», dichiaro soffiando il fumo fuori dalla finestra. «Dobbiamo tornare ai tempi del liceo, ma essendo anche l'età più difficile e in cui essere riconosciuti dai coetanei è fondamentale, la mia scelta è stata kamikaze».

«C'è di mezzo una ragazza?», mi chiede.

«Come ha fatto a indovinare?».

Lui indica la cornice appesa al muro alle sue spalle, con la pergamena della laurea in psicologia alla Cornell.

«E c'è di mezzo anche la mia prima volta, quindi capirà anche la criticità della scelta», aggiungo.

«Vediamo se riesci a convincermi».

«Al terzo anno ci hanno portati in gita scolastica. Un grande classico: Washington. Lo scopo era far sbocciare in noi giovani americani un vivo spirito patriottico nei confronti della nostra grande Nazione, visitando il fulcro delle istituzioni storiche e politiche. Per noi erano tre giorni fuori casa senza genitori e siamo partiti con le peggiori intenzioni».

«Sono stato giovane anche io, scommetto che i nostri ricordi di gite scolastiche sono molto simili».

«Io non ero il leader del gruppo. Ero un po' un cane sciolto che però riusciva ad andare d'accordo con tutti. Ciò però non significava che non volessi sentirmi parte di qualcosa anche io: avevo sedici anni, dopotutto. Non volevo venire tagliato fuori e qualche balla per farmi accettare l'ho detta; pensavo che non ci fosse nulla di male in una bugia innocente per agevolare la socializzazione».

«Bugia innocente, tipo?»

«Tutti i miei amici avevano già fatto sesso: chi con la propria ragazza, chi cogliendo qualche occasione fortuita a una festa, in ogni caso loro avevano già superato il rito di passaggio e, per non essere da meno, anche io ho raccontato loro che l'avevo fatto».

«E non era vero».

«Gli spogliatoi dopo l'ora di ginnastica sono un duro luogo in cui sopravvivere a sedici anni. Insomma, per farla breve, ho detto che durante le vacanze estive avevo conosciuto una ragazza con cui ero andato fino in fondo…».

«E fin qui è la trama di *Grease*».

«Poi c'è chi osa dire che i musical non sono realistici!», obietto.

«Quella ragazza te la sei ritrovata a scuola?»

«No. Però la mia bugia aveva funzionato ed ero stato "ammesso" nel club dei maturi. Per quella gita, ciascuno dei miei amici aveva già organizzato una "situazione" con qualche ragazza, ma io no, quindi alla partenza il loro obiettivo era diventato trovarmi un match».

«Che altruisti».

«Solidarietà maschile», li giustifico. «Non che io mi fossi mostrato col muso lungo o in evidente stato di carestia. Anzi, contavo molto su me stesso e le mie qualità per trovare una ragazza a contratto determinato, se vogliamo chiamarla così».

«Sempre elegante».

«Ed è successo nel promettente tragitto in autobus da New York a Washington. Io, ovviamente, ero seduto nei posti in fondo con i "criminali" e aleggiava quell'atmosfera di entusiasmo misto ad anticipazione per cui eravamo particolarmente caotici e rumorosi: non i vicini ideali per Garrick che, pur facendo parte dei "nostri", si era ostinato a sedersi negli ultimi posti nonostante soffrisse il mal d'auto. Poco dopo Filadelfia, infatti, ha cominciato a sentirsi male sul serio, così i professori gli hanno scambiato sedile per farlo mettere davanti. È stato allora che accanto a me è arrivata...».

∾

«Ehi, mi hanno detto che devo stare qui. Al mio posto hanno sistemato Garrick Midvern».

Da sotto il mio ciuffo di capelli sempre troppo lungo vedo che una ragazza stringe il suo zaino in mezzo al corridoio del pullman, proprio davanti a me. È nel mio corso di storia, ma si è trasferita dalla Rubistein High nel mio liceo da appena un mese, perciò non la conosco molto bene. I nostri banchi sono lontani e non abbiamo mai interagito in maniera diretta. È carina, credo si chiami Alicia.

«Corridoio o finestrino mi è indifferente. Ah, sono Alice Brinkley, per la cronaca».

Ah, Alice. Be', c'ero quasi. «Blake Avery», mi presento a mia volta alzandomi per cederle il finestrino.

«Lo so».

La sua affermazione mi colpisce. «Ah, sì?»

«Considerato quante volte ti richiama il professore, credo che anche i muri sappiano il tuo nome».

«Fulton è soporifero, non riesco ad ascoltarlo per più di quindici secondi senza sbadigliare», mi giustifico.

«Eppure i tuoi voti sono ottimi, anche se non hai l'aria del secchione».

«Memoria fotografica».

«Beato te, mi farebbe comodo». Se non ricordo male i suoi voti non sono stati tra i migliori, ma Fulton non è di manica larga e nel suo corso la maggior parte rasenta la sufficienza.

«Almeno, non è venuto in gita con noi».

«Le gite toccano sempre ai professori di ginnastica», sottolineo.

«Vuoi?», mi domanda prendendo un tubo di Pringles dallo zaino. Non si potrebbe mangiare in viaggio, ma è una delle tante regole che in coda al pullman infrangiamo e sono contento di scoprire che anche lei è parte del "lato oscuro". Non vogliamo spie quaggiù.

Accetto la sua offerta e ricambio con una stecca di Mars.

Poi, lei comincia ad ascoltare della musica ma dopo appena una decina di minuti la sento borbottare improperi. «Batterie infernali!», sbotta agitando il lettore per farlo riprendere. «Non potevate durare ancora un'ora?!».

«Scarico?», le chiedo.

«Ovvio».

«Posso offrirti una cuffia», dico porgendole l'auricolare. «Ma non troverai melensaggini sdolcinate, qui, ti avverto».

«Meglio; sono nella mia fase glam rock, anni Ottanta-Novanta», spiega lei.

La risposta mi piace. «Alice Cooper?», le chiedo curioso.

«Stavo ascoltando proprio *Trash*».

«Allora, puoi continuare ad ascoltarlo», ribatto infilandole la cuffietta nell'orecchio sinistro, il mio lettore che sta già riproducendo *Poison*.

Appena sente la prima strofa, sgrana gli occhi, sorpresa.

«Sei capitata nel posto giusto», ribatto compiaciuto. «Sai che io so suonarla?»

«Io so cantarla. Nella mia vecchia scuola ero nel coro».

Ascoltiamo la musica distrattamente, tra una chiacchiera e l'altra, parlando di che canzoni preferiamo, dei concerti a cui siamo stati, e via via che procediamo verso Washington noto dettagli di lei che mi piacciono: la sua voce morbida e appena arrochita, come se avesse passato un'ora a urlare; le labbra che stranamente, quando sorride, si piegano all'ingiù anziché all'insù; la leggera gobbetta sul naso che conferisce al suo viso un'espressione decisa; il fatto che non tenga mai le palpebre completamente aperte, come se si fosse appena svegliata. Ha un aria pigra e… sexy.

È seduta con una gamba piegata sotto il sedere e sul ginocchio si allarga lo strappo dei jeans rivelando un piccolo neo. Le è caduto lo scollo largo della felpa, mettendo in mostra la curva della spalla.

Si mangia le unghie e lo smalto non è perfetto, ma ha delle mani molto belle e piene di anelli, con cui giocherella, rigirandoseli intorno alle dita.

A un certo punto sfila dallo zaino uno spesso plico di fogli stampati e con l'inchiostro un po' sbavato, e si mette a leggere dove aveva posizionato il segnalibro.

«Non dirmi che ti sei davvero scaricata la guida del professor Fulton?!».

Lei richiude il plico, mostrandomi il frontespizio.

«*Il sigillo dei Borgia* di Alonso Vasquez?», leggo stranito. «In che senso?! Deve uscire tra tre mesi!». Vasquez è un autore bestseller di gialli storici. La sua serie sui Borgia è una delle mie letture preferite e sto aspettando l'uscita del terzo volume più delle vacanze. Però, questo che ha Alice non può essere…

«Mio padre è uno dei traduttori», sussurra, «ma, ehi, non deve sapersi in giro».

«Quindi, è fuori questione che tu me lo passi per restituirmi il favore dell'auricolare?»

«Non si sposta dalle mie mani», decreta lapidaria. E come darle torto… mezzo mondo lo sta aspettando.

«Sventolarmelo sotto il naso è crudele».

«Nulla ti vieta di sbirciarlo», aggiunge scrutandomi con piglio furbo. «Sono solo al terzo capitolo… potrei sfogliare gli altri due di nuovo mooolto lentamente e poi continuare la mia lettura». E così dicendo riapre il plico dall'inizio posizionandolo in modo che anche io possa vederlo.

Leggiamo finché non arriviamo a Washington, dove dobbiamo per forza interromperci.

«Promettimi che non andrai avanti senza di me», le chiedo.

«Questo vuol dire che intendi sederti accanto a me in ogni spostamento?»

«Tanto Garrick rischia di vomitare ogni due curve».

Alice alza gli occhi come stesse valutando dei calcoli scritti in aria. «Se io faccio questo favore a te, cosa ci guadagno?».

Cosa ci guadagna? Eh, bella domanda. Cos'ho io

da scambiare con il nuovo manoscritto inedito di Vasquez? «Ti faccio la relazione su Washington per Fulton», propongo.

In tre materie porto a casa ottimi voti: letteratura, arte e storia. Se scrivo una ricerca io, in pratica è una "A" assicurata. E la relazione su Washington peserà parecchio sulla valutazione finale.

«Sul serio?», mi chiede lei dubbiosa.

«Tu vuoi alzare i tuoi voti in storia, io voglio leggere quel romanzo». Le tendo la mano destra. «Abbiamo un accordo?».

Alice allunga la sua e stringe il mio palmo. «Affare fatto».

Quel giorno, dopo il check-in in albergo, abbiamo altri due spostamenti in pullman, di cui approfittiamo per continuare il manoscritto.

Più tardi, in camera, due dei miei amici, Peyton e Jamison, cominciano a prendermi a pacche sulle spalle.

«La Brinkley ti ha messo gli occhi addosso», esulta Peyton.

«È una terza base sicura, Blake. Praticamente ce l'hai già nel letto», gli va dietro Jamison.

«E da cosa lo prevedete?».

Peyton mi guarda con aria ovvia. «Be', ti è stata attaccata per tutto il viaggio».

Evidentemente non ha visto il libro che stiamo condividendo. Peyton però non vede libri in generale.

«Alice Brinkley ci sta alla grande, fidati, l'ho saputo da Harvey, dopo gli allenamenti di football», aggiunge Jamison.

Jamison è il collettore di gossip scolastici. È il linebacker centrale della squadra e lui e i suoi compagni sanno tutto di tutti.

«Che ti ha detto Harvey?», domando punzecchiato dalla curiosità.

«Suo cugino Dax gioca nella squadra della Rubistein High e usciva con lei. Ha detto che sembra una santarellina ma è letteralmente un'assatanata. Ha dovuto mollarla perché non riusciva a starle dietro e anche fisicamente ci stava rimettendo, tanto che il coach lo ha pure lasciato in panchina. Si è ripassata tutti i giocatori».

«Forse è per quello che si è trasferita da noi», ridacchia Peyton. «Ormai si è fatta tutti, aveva bisogno di facce nuove».

«Non ho avuto proprio questa impressione», obietto.

«Ma ovvio!», ribatte lui. «Le suore sono le peggiori! Secondo me vinci facile».

«Oh, Blake, tu però fai finta di niente! Da me non hai sentito mezza parola», mi avverte Jamison.

«Tu? Che hai detto?».

Non sono il tipo che dà retta alle voci di corridoio ma ormai i miei amici mi hanno instillato questo dubbio e, involontariamente, mi metto a cercare segnali della disponibilità di Alice ogni volta che ci ritroviamo insieme.

E insieme ci stiamo parecchio perché il nostro sodalizio letterario si è esteso anche ai momenti extra logistici. Siamo insieme mentre visitiamo i musei, la Casa Bianca, il Campidoglio, la dimora di George Washington, e la confidenza tra noi due si allarga naturalmente: ci scambiamo i numeri e se ci perdiamo di vista ci scriviamo per ritrovarci.

Le presto una felpa quando ha freddo, mentre lei è quella che ha sempre i Kleenex, le gomme da masticare o il gel igienizzante, che tiene i biglietti perché io non smarrisca i miei o che mette nel suo zaino anche le mie cose cosicché io non le scordi in giro. Le permetto di legarmi i capelli in un codino perché non mi cadano sulla faccia, le porto lo zaino mentre va in bagno o se le pesa troppo, la faccio sedere sulle mie ginocchia quando si stanca di camminare.

È tipo la mia "moglie da gita".

In breve, anche le nostre letture in pullman diventano sempre più intime. Il manoscritto non lo tiene più lei, ma è in mezzo, la lascio appoggiare con la testa alla mia spalla e le nostre dita si sfiorano sempre più spesso ogni volta che sfogliamo le pagine.

Mi piacciono le sue mani e mi metto a giocherellare con la sua sinistra, senza che lei faccia obiezioni.

Intreccio le mie dita alle sue e le teniamo così, finché il rientro in albergo conclude la prima giornata piena di gita e la nostra lettura.

«Ehi, Blake», mi dice Alice mentre aspettiamo il nostro turno per l'ascensore. «Io sono in camera con Shaylene, ma lei sgattaiola dal suo ragazzo… mi chiedevo se ti andasse di continuare a leggere da me, più tardi».

Non c'è malizia nel suo tono ma i suoi occhi mi sembrano sperare in un sì.

E chiedere a un ragazzo di passare la notte in camera insieme in gita, per qualunque "motivo", non porta che a una cosa.

«Perché no?», rispondo come se la mia testa in questo momento non stesse calcolando duemila variabili.

«Ok, allora, ti aspetto. Non dirlo a nessuno però».

E in effetti, non lo dico davvero a nessuno; attendo che Peyton e Jamison raggiungano le loro missioni prima di andare da Alice che mi aspetta in shorts e canottiera.

Cazzo. Si è messa avanti.

Nessuna si fa trovare così da un ragazzo con cui vuole solo leggere, no?

Ma se i miei calcoli portano tutti a un unico risultato – il letto –, lei sgombera dai borsoni il divanetto e m'invita ad accomodarmi lì.

Ci sediamo sul piccolo sofà che ci costringe a stare attaccati, nella stanza in penombra, illuminata solo dalla lampada dietro di noi.

Sebbene io cerchi di convincermi che leggeremo e basta, il capitolo che ci aspetta contiene la descrizione di un incontro tra Cesare Borgia e la sua amante. Anche se si tratta di un giallo storico, Vasquez sa scrivere le scene di sesso da Dio.

Io non ho termini di paragone per dire che questa sia scritta bene ma su di me ha effetto: il respiro si accorcia, mi mordo le labbra, pare che la stanza sia più calda e anche Alice non mi sembra immune alla performance del Valentino, da come continua ad accavallare e scavallare le gambe.

I minuti passano e nessuno dei due volta la pagina, nonostante io sia già arrivato in fondo e anche lei ormai deve aver finito.

«Bel… bel capitolo», mormoro.

Lei si volta a guardarmi, il suo viso vicinissimo al mio. «Sai, tu assomigli molto a come immagino Cesare Borgia».

Verrebbe da domandarsi se solo la faccia o tutto il resto perché, in questo preciso punto della sua storia, le qualità esaltate dalla sua amante non riguardano i suoi tratti somatici. «Nei suoi pregi o nei suoi difetti?»

«Sei bello ma strafottente, e quando parli potrei ascoltarti per ore», risponde. «E...».

Il suo tono di voce si riduce a un sussurro per poi smorzarsi del tutto.

«E...?», la incalzo.

Alice deglutisce a vuoto, abbassando lo sguardo. «E al posto della sua amante sto immaginando me».

Seguo il corso avanzato di letteratura e l'anno scorso abbiamo studiato la *Divina Commedia*. Nel canto Quinto, all'*Inferno*, ci sono Paolo e Francesca, due giovani amanti uccisi dal marito di lei che li colse in flagrante, travolti dalla passione. Passione scoppiata proprio mentre leggevano insieme.

"Galetto fu il libro e chi lo scrisse" e anche nel nostro caso, il manoscritto di Vasquez finisce a terra e io e Alice ci baciamo con impeto.

Io l'afferro per la vita e me la tiro in grembo, lei mi sale sopra a cavalcioni, tuffandomi le dita tra i capelli.

Dopo Lindsay ho cercato di superare la delusione seguendo il suo consiglio: mi sono guardato intorno e nei tre anni successivi ho allargato la mia esperienza sentimentale con le mie coetanee. Non ho mai perso la testa per nessuna ma i baci ormai sono diventati un pezzo consolidato del repertorio assieme a molto altro. Manca "solo" il sesso.

Ma qui ci sono tutte le premesse giuste e, aldilà del fatto che io mi senta una specie di count-down interno, Alice mi piace. Siamo in sintonia, pensare di fare sesso con lei non è più un traguardo da gita scolastica, è un'evoluzione naturale.

Esploro il suo corpo con le mani che s'intrufolano sotto la canottiera e lei mi alza la T-shirt.

Nella stanza si sentono solo i nostri respiri affannati,

con la temperatura della nostra pelle che sale, percorsa da elettricità.

Alice m'invita a spogliarla, mentre fa lo stesso con me e, purtroppo, un secondo di terrificante lucidità mi congela: io non so cosa fare.

Lei ha esperienze, aspettative e termini di paragone mentre io… be', conosco solo la teoria.

Ho scoperto i porno due anni fa, facendo ricerche dal computer di mio fratello, che aveva scordato di cancellare la cronologia. Ho cliccato sul link sbagliato e mi si è aperto un video in cui due donne nude si avvinghiavano a un uomo altrettanto nudo. Dopo altri due video ho scoperto cosa fossero i *threesome*. E dopo quattro, ho capito che la categoria preferita di mio fratello sono i *threesome*.

Ad Alice cosa piace? E se le piacciono cose che io non so fare? E se non riesco a soddisfarla? O se io finisco prima di lei e non riesco a ripartire? E se rispetto a Dax e a tutta la squadra della Rubistein High io sono meno dotato?

I preservativi! Non ne ho mai infilato uno.

Questi pensieri mi attraversano il cervello tutti insieme in un nanosecondo, facendomi montare un'ansia da prestazione che non credevo potesse assalirmi.

D'improvviso la porta si spalanca e io e Alice veniamo interrotti da Shaylene che entra trafelata.

«Il professor Quaint sta facendo ricognizione delle camere dei ragazzi. Io e Ben l'abbiamo scampata per un pelo, ma mi sa che la professoressa Jones sta facendo lo stesso con le ragazze». Shaylene punta l'indice verso di me. «Fuori di qui».

Sono un codardo se dico che mi sento sollevato? Probabilmente sì.

Nonostante questo, la voglia di fare sesso con Alice c'è ancora? Assolutamente sì.

Devo solo venire a patti con me stesso. Passo la notte a dissezionare i miei dubbi e al mattino ho ritrovato fiducia e convinzione. La voglia, invece, non mi è mai passata.

La gita prosegue e io e Alice siamo sempre insieme e più affiatati che mai.

Allo Smithsonian approfittiamo di ogni attimo di distrazione delle guide per nasconderci negli angoli più appartati e baciarci, tesi e frustrati per la brusca interruzione di ieri sera.

«Stasera torni da me?», mi domanda lei, con le mani intrecciate intorno al mio collo. «A leggere», sospira stringendomi il labbro inferiore in un morso leggero.

«Vuoi davvero leggere?»

«No. In verità, no».

«Neanche io».

Ma dopo la pausa pranzo succede la tragedia: lo zaino di Alice non si trova più.

Lo aveva appoggiato a terra in uno dei momenti "privati" che ci siamo ritagliati di nascosto, dimenticandosene.

Quando? Dove? Boh!

«Se il manoscritto di Vasquez finisce in mano a qualcuno mio padre è rovinato! Ci sono dei contratti di riservatezza firmati col sangue per quel romanzo, le penali...», singhiozza coprendosi il viso con le mani, nel panico.

«Ok», dico cercando di fare mente locale, «facciamo il giro al contrario di tutti i posti che abbiamo visitato. Ti ricordi quando è stata l'ultima volta che lo avevi con te?»

«In realtà, no… non ero molto concentrata sullo zaino». Negli occhi gonfi di pianto le scorgo qualcosa di simile al rimprovero, e mi sento in colpa per essere stato la causa principale della sua distrazione.

«Abbiamo il resto del pomeriggio libero, andiamo dappertutto: ristorante, Smithsonian, Eisenhower Memorial, Museo dello spionaggio». Tento di mostrarmi propositivo perché se ho delle responsabilità nello smarrimento, voglio averle pure nel ritrovamento.

Mi ci metto anche perché Alice non è lucida, fissata com'è sulle conseguenze disastrose dello smarrimento del manoscritto.

La prendo per mano e la guido in tutto il nostro percorso giornaliero con ottimismo e determinazione, come se la perdita definitiva del romanzo non fosse nemmeno un'opzione.

Tuttavia, più tappe ripercorriamo senza risultati, più anche la mia sicurezza vacilla.

Ci prendiamo pure un acquazzone in piena regola ma, fradici fino alle ossa, continuiamo nella nostra missione finché, all'approssimarsi dell'orario di ritrovo con insegnanti e compagni, Alice si abbandona sconfitta su una panchina della fermata dell'autobus.

«Mi sa che devo dirlo a mio padre», mormora arresa. «Non sarà contento… il manoscritto l'ho sottratto di nascosto».

«Non vuoi tentare ancora?», insisto.

Ma prima che lei possa rispondere, il suo cellulare squilla. Se lo sfila dalla tasca della felpa e lo osserva stranita, per poi guardare me. «Blake?! Perché mi stai chiamando?».

Sì, lo schermo mostra il mio nome. «Io non ti sto chiamando». Mi tasto la tasca posteriore dei jeans dove dovrebbe essere il cellulare ma non lo trovo. «Cazzo, mi hanno rubato il telefono. Fammici parlare».

Lei mi passa il suo cellulare e pigio il tasto di risposta. «Adesso, stronzo di un ladro, mi dici dove sei e…», minaccio con tono fermo.

«Veramente io sono un inserviente. Questo telefono è dentro uno zaino che ho trovato nel bagno dello Smithsonian durante il turno di pulizia», risponde una rauca voce maschile. «Solo che non c'è scritto da nessuna parte di chi è, quindi ho pensato di ritelefonare all'ultimo numero chiamato».

E faccio due più due: anche oggi, come ieri, Alice mi ha fatto il favore di tenere le mie cose nel suo zaino. A un certo punto, me l'ero preso in spalla io perché non dovesse portarne il peso e… devo averlo lasciato in bagno. Ecco perché Alice non aveva fatto caso alla mancanza del suo zaino: dava per scontato che lo avessi io. «È ancora al museo?», domando. «Veniamo a prenderlo».

«Muovetevi, tra dieci minuti me ne vado a casa».

«Arriviamo».

Do la buona notizia ad Alice che mi salta al collo, sempre piangendo, ma stavolta di gioia.

Corriamo di nuovo allo Smithsonian sotto la pioggia battente e, una volta tornati in possesso dei nostri averi, Alice verifica subito la presenza del manoscritto.

C'è, e il segnalibro è ancora dove lo avevamo lasciato: nessuno lo ha toccato.

«Se non fosse stato per il tuo cellulare non lo avremmo mai ritrovato!», esclama Alice grata, stringendomi il viso tra le mani per baciarmi.

«Considerato che sono stato io a dimenticarlo in

bagno, più che ringraziarmi dovresti detestarmi per il pomeriggio che ti ho fatto passare».

«No, tu non puoi essere responsabile di cose non tue e io non avrei mai dovuto prendere il manoscritto, tantomeno di nascosto. Avrei potuto smarrirlo in mille altri modi».

«Se non ci muoviamo a tornare dai professori, mi sa che passeremo un altro tipo di guai», la avverto. Abbiamo abbondantemente superato l'orario di libertà e ora rischiamo una sanzione disciplinare.

Infatti, al punto di ritrovo il pullman della gita non c'è più, così ci tocca tornare all'albergo con i mezzi.

Vuoi per la felicità o per il sollievo, il tragitto in autobus lo passiamo avvinghiati – lo zaino al sicuro tra di noi – a baciarci come forsennati, guadagnandoci le occhiatacce degli altri passeggeri.

In albergo, i professori ci accolgono con irritazione e minacce di ripercussioni ma per fortuna non siamo gli unici ad aver sgarrato.

«Con voi due faremo i conti al rientro», sbotta Quaint puntandoci il dito contro, quando ci vede entrare nella hall. «Tre studenti si sono sentiti male dopo essere riusciti a comprare da bere con dei documenti falsi. Io e la professoressa Jones faremo i turni in ospedale dato che sono stati ricoverati. Reputatevi già in punizione».

«Se la Jones e Quaint dovranno fare avanti e indietro dall'ospedale tutta la notte, sai che significa?», domanda sibillina Alice. «Nessuna ispezione».

Non sto neanche a tornare nella mia stanza, ma vado direttamente in quella di Alice, già sgombra dalla presenza di Shaylene.

Non facciamo nemmeno due passi che siamo subito

uno addosso all'altra, con l'ondata dell'adrenalina accumulata nel pomeriggio che ci travolge.

Il manoscritto non esce dallo zaino e il divanetto non entra neanche nel nostro campo visivo.

Finiamo dritti sul letto, io su di lei, le sue gambe cinte intorno alla mia vita.

Sento ancora l'ansia da prestazione punzecchiarmi nel petto, ma mi sforzo di ignorarla.

Voglio Alice, e la voglio ora. Non so se sarò il migliore che ha avuto, però morirò provandoci.

I nostri vestiti madidi di pioggia volano uno dopo l'altro sul pavimento, come foglie a novembre, e presto ci ritroviamo nudi.

«Blake», sussurra lei sulle mie labbra. «Io voglio davvero farlo con te, ma tu sei il mio… primo».

«Primo?», ripeto. Mi sa che ho capito male.

«Non ho mai fatto sesso e… non so perché te lo sto dicendo, ma mi piaci molto e di te mi fido».

Allora, avevo capito bene. «Cioè, sei vergine?», chiedo ancora, a scanso di ogni equivoco, perché nella testa continuo a sentirmi Jamison e Peyton e Harvey e Dax e tutta la squadra di football della Rubistein High.

Lei annuisce. «Voglio davvero stare con te stanotte», continua, «però ora che lo sai magari puoi, ecco, andare più piano», mormora timida.

Sorrido e rido, sentendomi ridicolo, appoggiando la fronte alla sua.

«Ti faccio ridere?», mi chiede lei, in tono contrariato.

«No. Io mi faccio ridere», rispondo. «E sul fatto di andarci piano, puoi contarci perché neanche io ho mai avuto una ragazza».

Ora quella sollevata è lei.

Non solo andiamo piano, ma ce la prendiamo con calma: ci interrompiamo e facciamo una doccia insieme, per esplorarci, per imparare a conoscere i nostri corpi senza fretta, superando la soglia dell'insicurezza e dell'imbarazzo, mani e bocche prendono confidenza l'uno dell'altra, finché non tremano e non esitano più.

Di nuovo sul letto, ricominciamo da dove ci eravamo interrotti.

Buttiamo due preservativi prima che io riesca con successo a infilare il terzo; che quei cosi maledetti scivolano da morire e né io né lei abbiamo la manualità del gesto.

«E se ti faccio male?», le chiedo sedendomi nello spazio tra le sue gambe.

«Sopravviverò».

«Se vuoi mi posso fermare in qualunque momento». Mi sembra una cosa carina da dire ma non so se effettivamente posso fermarmi… si può fare?

L'ansia da performance si rifà viva nonostante la rassicurante certezza che siamo due principianti in questa stanza. Nella mia mente, si affollano le domande. Riesco a entrare? E se riesco e poi scivolo fuori?

Alice le mette a tacere: mi attira a sé, accompagnando la mia spinta con la mano. Lei mi vuole ma il suo corpo mostra una resistenza che posso vincere soltanto con decisione.

Ma se poi le faccio male?

Lei legge il dubbio nei miei occhi e annuisce per invitarmi a continuare.

La stretta delle sue dita sulle mie braccia mi dice che le sto facendo male, ma non mi chiede di fermarmi.

«Ci sei», sussurra con voce tremante. Si morde il labbro inferiore, segno che sta cercando di sopprimere la fitta.

Sì, ci sono, ma non mi muovo. «Tutto ok?», le chiedo.

Annuisce e ci guardiamo negli occhi, mentre, immobili, ci abituiamo uno all'altra.

Lei, forse, un po' di più.

È Alice a far ondeggiare il bacino, dapprima impercettibilmente, e poi con più convinzione. Mi bacia e capisco che è pronta.

Mi ritraggo appena per riaffondare ancora, ma stavolta lei segue i miei movimenti.

L'esitazione e la rigidità lasciano il posto alla curiosità per questo nuovo modo di sentirci, che ci avvolge in una spirale di calore bianco. Sono i sensi, la pelle, il respiro a comandare e noi li seguiamo.

Io per primo. Nonostante tutto l'autocontrollo che mi ero ripromesso di mantenere, il piacere arriva e io cedo.

«Scusa», le dico pieno di imbarazzo. «Io… sono…».

«Non ti preoccupare, non importa».

«Come? No!», obietto. Il briciolo di amor proprio che mi è rimasto non intende accettare il forfait. Sarebbe come dire: "Ok, ci ritiriamo, tanto non sarei in grado". Magari non sono in grado davvero di fare arrivare all'orgasmo anche lei, ma non mi accontento di una resa in partenza.

Avrò anche ceduto, ma resisto.

Rotolo sul fianco, portandola con me, consentendo a lei di guidare il ritmo.

Quando sembra che anche il suo massimo sforzo non basti, le alzo la gamba sinistra piegandomela contro il petto e la sua reazione pressoché immediata mi dice che ho avuto l'intuizione giusta.

Ansima così in fretta che l'aria non fa in tempo a entrarle nei polmoni, si tende al punto che temo possa spezzarsi e, dopo un mugolio soffocato nell'incavo del mio collo, si abbandona nel mio abbraccio come se le forze l'avessero lasciata in un colpo.

Impieghiamo qualche minuto a recuperare il senso dell'orientamento, anche se sono attimi lunghissimi in cui mi ripassa tutta la vita davanti.

«Grazie», sospira. «Per aver capito».

«Cosa dovrei aver capito?»

«Di non correre».

«Forse non dovrei confessartelo, ma ero terrorizzato quindi correre non era proprio tra i miei piani», ammetto.

«Alla Rubistein High frequentavo un ragazzo, Dax Shepard, e be'... diciamo che lui non era della stessa tua idea». Il tono di Alice è una via di mezzo tra l'imbarazzato e l'irritato. «Ci siamo visti tre volte e lui, dopo ogni appuntamento, ha cercato di costringermi a fare sesso. Quando gli ho detto che volevo andarci piano e che non lo avevo mai fatto, lui ha sbuffato e l'ultima volta se n'è uscito con "È la terza sera che usciamo, quanto cazzo vuoi farmi aspettare ancora? Non ce l'hai solo tu, sai? Ti rendi conto di quante ragazze al posto tuo avrebbero scopato con me già al primo appuntamento?", così gli ho risposto che forse non eravamo sulla stessa lunghezza d'onda e, se davvero aveva tanta smania, doveva chiedere a una di quelle ragazze».

«E non vi siete più visti, dopo?»

«No, ma lui ha pensato bene di raccontare a tutta la scuola che invece gli ero tipo saltata addosso e che sono una specie di ninfomane e – non so come – a un certo punto ha cominciato a circolare la voce che mi ero ripassata mezza scuola. Mi ritrovavo bigliettini con scritto "troia" nell'armadietto e perfino le uniche due amiche che avevo mi hanno isolata, perché a loro piacevano dei ragazzi della squadra ed erano convinte che io ci fossi andata a letto».

«Credevano più alle voci che a te», osservo.

«Sì, erano convinte che se tutti dicevano che era così, doveva essere vero», sospira delusa. «È per questo che mi sono trasferita a metà anno».

«Ma di me ti sei fidata».

«Sei un disastro, Blake, ma non sei falso e mi piaci. Con te lo avrei fatto anche ieri sera, anche se temevo che ammettendo di essere vergine, ti saresti tirato indietro».

«E perché avrei dovuto? Anche io non l'avevo mai fatto».

«Da quanto avevo sentito in giro, su di te si dice altro a scuola».

E per la prima volta mi sento un imbecille ad aver mentito sul non essere vergine per non ritrovarmi etichettato tra gli "sfigati". «Sai, è assurdo come il fatto, per giunta falso, di essere stato a letto con altre ragazze faccia di me un figo, mentre l'essere stata con altri ragazzi faccia di te una troia. È così, ma non capisco perché».

«Perché sei un maschio. Sei privilegiato, il motivo non lo capirai mai, ma è per quello che ti ho ringraziato prima: per non esserti adagiato nel tuo privilegio».

«Non sono sicuro che sia del tutto un complimento, ma prego».

Sulle labbra di Alice torna un sorriso sibillino. «Be',

il sesso non mi fa schifo e ho anche voglia di rifarlo, quindi è un complimento».

«Rifarlo... ora?», domando sbalordito.

«Hai altri impegni, per la nottata?»

«Assolutamente no».

E la nostra prima volta diventa le nostre prime tre, finché controvoglia la lascio per tornare in camera mia, a rifare il mio borsone per il rientro.

Non faccio in tempo a mettere un piede dentro la stanza che vengo assalito da cori da stadio e ovazioni che neanche al Super Bowl.

«Allora?», mi domanda subito Peyton. «Fuori tutto, Blake. Che hai fatto con la Brinkley? Cammina ancora?»

«Hai trascorso tutta la notte da lei», interviene Jamison. «Se è stata all'altezza della sua fama, ti avrà prosciugato. Vuoi del Gatorade?».

Non mi lasciano spazio per rispondere, rivolgendosi a me ma come se parlassero tra di loro. Quando finiscono la loro gara a chi la spara più grossa, mi puntano gli occhi addosso con l'aria di chi sta sulle spine. «E su, raccontaci!».

Potrei dire loro la verità, che Alice è – era – vergine e che su di lei hanno messo in giro solo calunnie, però so che per loro la bugia è più divertente della noiosa verità e capirebbero solo ciò che gli interessa, cioè che abbiamo fatto sesso. Ed è quello che Jamison direbbe a Harvey e al resto della squadra di football: «Blake Avery si è scopato Alice Brinkley in gita». E le voci su Alice sarebbero solo che confermate.

La voglia di sventolare la mia bandiera con scritto "ho fatto sesso" è tanta, perché ho sedici anni e ho varcato la soglia della maturità.

«Sono stato con Alice stanotte», confermo, «ma prima di arrivare al più bello mi sono addormentato».

Peyton e Jamison mi guardano attoniti. «Stai scherzando?»

«Ero stanco, ieri abbiamo camminato un sacco tra una tappa e l'altra. Come mi sono appoggiato sul letto il colpo di sonno mi ha preso in pieno. Mi sono svegliato cinque minuti fa che lei stava già preparando i bagagli».

«Nooo!», esclamano in coro. «Ma sei un coglione!», aggiunge Jamison.

«Avevi un'occasione servita su un piatto d'argento, dai, ma come fai?!», sbotta Peyton. «Blake, hai il cazzo ma non te lo meriti».

Me ne dicono di tutti i colori, da imbecille a cazzomoscio, ma a differenza del Blake di ieri, che forse si sarebbe preoccupato di rispondergli a tono, ora me li faccio scivolare addosso. Quello che è successo tra me e Alice rimane tra me e Alice.

Se divulgassi solo il minimo dettaglio, lei ne uscirebbe come una troia – appunto – e io glorificato. Eppure, in quel letto eravamo in due, volevamo farlo in due ed è piaciuto a tutti e due, c'è qualcosa di sbagliato se per me è un merito e per lei una colpa.

Durante il ritorno verso New York a tutti noi spetta mezz'ora di paternale da parte dei professori Quaint e Jones che, a turno, ci fanno la ramanzina sull'abuso di alcol, con i colpevoli, dimessi ma bianchi come cenci, seduti nei primi posti.

Il viaggio prosegue nel silenzio e nell'immobilità, un po' per la naturale perdita di entusiasmo che porta con sé la fine di ogni gita, un po' per la lavata di capo ricevuta, ma io e Alice ci godiamo il tragitto chiusi nella nostra bolla.

Ci baciamo, ci abbracciamo, ci coccoliamo nella maniera più stomachevole e sdolcinata possibile. Io le rubo uno dei suoi anelli e me lo infilo nella catenina al collo.

Abbiamo deciso: lei è la mia ragazza; io sono il suo ragazzo.

∾

«Dunque, questa non è la storia della tua prima volta, ma di come hai trovato la tua prima ragazza», osserva il dottore.

«Anche. Però l'ho convinta? Riguardo al mio pregio, intendo».

«Prenderti le pallottole per gli altri? Forse. Sicuramente lo sapevi fare a sedici anni, ma a trentadue?»

«Magari sono diventato più parsimonioso nell'elargirlo, ma sì. L'istinto kamikaze c'è ancora», confermo.

«Con Alice, poi, come è finita?»

«Dopo due mesi che stavamo insieme i suoi si sono separati e lei è andata a vivere con la madre in Virginia. Per un po' siamo andati avanti trascorrendo a turno i weekend insieme. Uno veniva lei a New York, quello dopo andavo io a Charlottesville. Poi le visite hanno cominciato a diradarsi: una volta non poteva lei, l'altra ero impegnato io, via via fino al punto che ci siamo chiesti se avesse ancora senso».

«Anziché svilupparsi, il rapporto è regredito», conclude il dottore. «Vi siete più tenuti in contatto?»

«Sporadico e superficiale. Lei ora è…», la cerco su internet, spulciando tra i risultati dei siti professionali, «… un avvocato per i diritti delle donne». Sorrido. Ce la vedo.

«Secondo te, sa che ora tu sei uno scrittore di successo?», mi chiede.

«Non ne ho idea... Dottore, com'è che ogni volta che vengo qui finiamo per parlare della mia vita sentimentale?», gli domando con un vago tono d'accusa.

Lui mi guarda montando un sorrisetto furbo. Perché sento di aver messo ancora una volta il piede nella mia stessa trappola? «Vedi, Blake, non siamo noi che finiamo a parlare della tua vita sentimentale, sei tu che inizi senza che nemmeno io tocchi l'argomento».

«Qualcosa mi dice che ha una teoria in merito».

«La mia è solo un'ipotesi, ma credo che per te la sfera emotiva sia molto più importante di quanto mai vorresti ammettere».

«E immagino che lei voglia prendersene lo straordinario merito».

«Nessun merito, ma forse questo lato di te sta chiedendo di uscire per farsi conoscere».

«Il mio lato emotivo vuole farsi conoscere?»

«Può darsi. Magari, se lo incontri, scopri addirittura che ti piace».

«Impossibile».

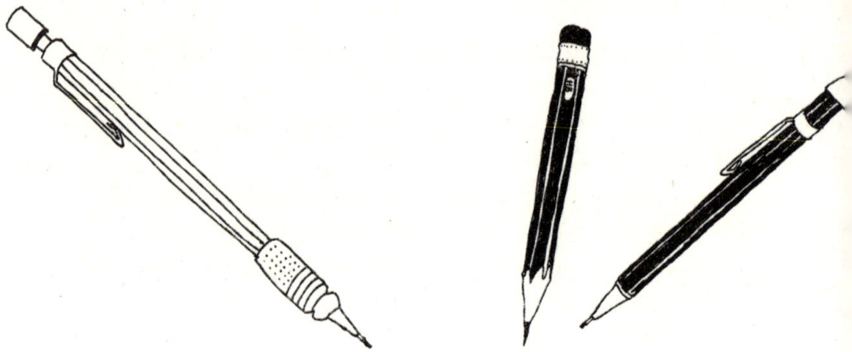

# IL MIO PRIMO "TI AMO"

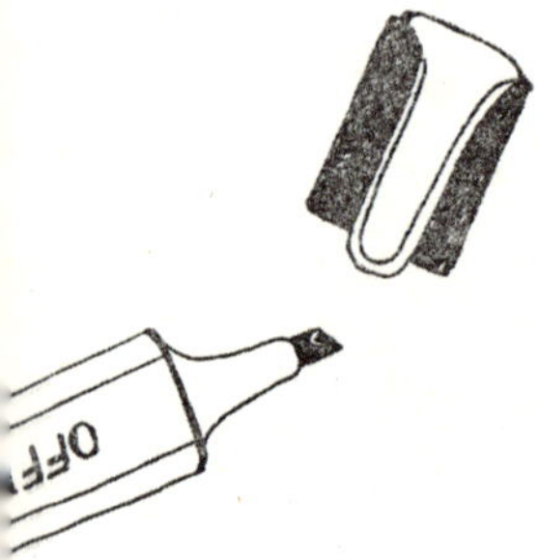

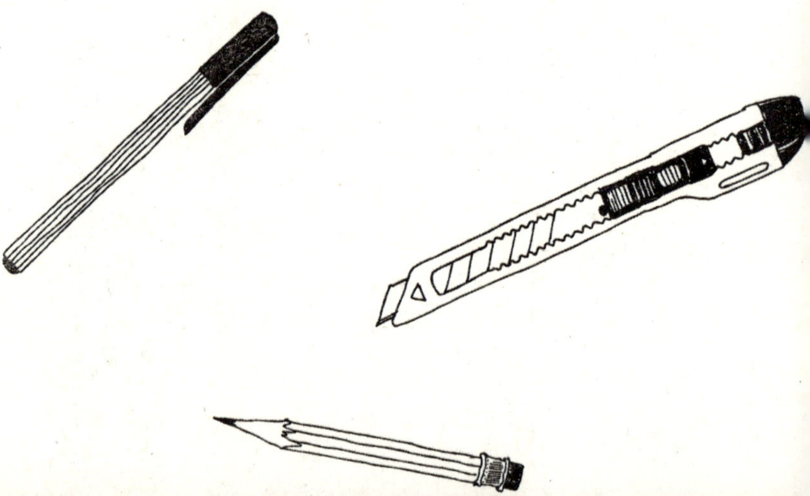

*Sk8er Boi – Avril Lavigne*

«Buon compleanno, Zucky», esordisco quando entro nell'ufficio del dottore.

«Ti ho detto di non chiamarmi Zucky. E poi come sai che è il mio compleanno?»

«Dal sito dell'American Psychological Association di cui è stato vicepresidente. C'è il suo curriculum».

«Hai fatto indagini su di me?», mi chiede sospettoso.

«Con tutto il rispetto, mi sono reso conto che mi ritrovo a raccontare miei dettagli personali e privati a quello che è a tutti gli effetti uno sconosciuto, perciò ho pensato che non sarebbe stato male informarmi su di lei. Mi è caduto l'occhio sulla data di nascita e mi è sembrato un gesto carino farle gli auguri». Gli tendo un sacchetto di Zabar's. «Ciambella?».

Il dottore si guarda intorno con aria circospetta, come se si sentisse osservato. «In realtà, non dovrei. Mia moglie mi ha messo a dieta: colesterolo alto».

«È il suo compleanno. Non lo dirò a nessuno».

Lui prende il sacchetto, lo apre e inspira estasiato. «Quanto mi mancava questo profumo».

Vado a sedermi alla finestra ad accendermi la sigaretta. «Speravo che forse, visto il mio gesto gentile ed empatico, magari potevamo accorciare le nostre sedute da dodici a dieci», suggerisco.

«Davvero credi di corrompermi con una ciambella?»

«Le ho offerto anche dei soldi ma non ha funzionato».

«Ti metto una stellina dorata sul registro. A proposito, dato che hai indagato su di me, posso domandarti una cosa riguardo la tua famiglia?»

«Se so rispondere».

«Hai per caso qualche legame di parentela con gli Avery, i magnati immobiliari?»

«Magari», rido. «No, nessun legame che io sappia. O se c'è, evidentemente siamo il lato sfigato della famiglia».

«Addirittura!».

«I miei non hanno mai fatto mancare nulla a me e a mio fratello, lavoravano a stretto contatto con il gotha di Manhattan ma i milioni li abbiamo sempre e solo visti da lontano, figurarsi i miliardi. Sa che per comprarmi la mia prima auto ho lavorato come bagnino in un hotel di lusso di Cape Cod?»

«Ah, anche bagnino!».

«Ho iniziato come ragazzo della piscina, sa quello che apre gli ombrelloni, porta gli asciugamani, sposta i lettini, poi mi hanno promosso perché uno dei due bagnini aveva il vizio di sbronzarsi la sera e la mattina era sempre ridotto uno straccio. Per me è stato un bene, dato che avrei guadagnato il doppio, ma mi lasci dire che la mia esperienza con l'élite del Massachusetts non è stata proprio piacevole».

«Snob?»

«Non ho mai sentito un grazie in tre mesi di lavoro. Ora, io so bene che non stavo facendo nulla di eccezionale e il mio lavoro era appunto quello, servire e riverire, ma per tutti sembrava scontato».

«E riuscivi a sottostare alla disciplina?»

«Sì». Alla mia risposta il dottore scrive un appunto sul suo blocco. «Sta per caso segnando che non ho più bisogno di terapia?», domando speranzoso.

«No, mi sono solo scritto di ricordarmi di passare a prendere i limoni. Comunque, dimmi, come mai eri capace di rispettare le regole?»

«Be', il fine giustifica i mezzi e io avevo adocchiato una Gran Torino per cui avrei dato un braccio, quindi ogni volta che stavo per mandare un cliente a farsi fottere pensavo alla macchina e stringevo i denti. E poi c'era Jackie».

«Sapevo che sarebbe saltata fuori una ragazza, a un certo punto della storia».

«Non mi dica che lei non ha mai avuto un amore estivo?»

«Come tutti», annuisce, «languido e tragicamente non corrisposto».

«Era in vacanza con la madre, con cui avrebbe trascorso lì tutta l'estate, mentre il padre – un neurochirurgo tra i più rispettati luminari della East Coast – le raggiungeva da Providence ogni weekend. Jackie era più giovane di me di un anno, avrebbe dovuto iniziare l'ultimo di liceo e stava studiando per l'ammissione al college. Se ne stava tutto il giorno sotto l'ombrellone barricata dietro il libro di anatomia».

«E cosa ti ha colpito di lei?»

«Proprio quello. La maggior parte delle ragazze ospiti dell'hotel si metteva in mostra, chi più chi meno, con qualcuna c'era anche stata qualche avventura fugace, ma Jackie non si mescolava alla massa. Se ne stava per i fatti suoi, immune alle vacanze, al mare, al sole, alle feste, viveva in una bolla tutta sua e ho cominciato a trovarla affascinante».

«Niente massa: mi sembra coerente col tuo profilo».

«Non l'ho mai vista in costume. Teneva sempre addosso un prendisole, o camicia e shorts. A diciotto anni mi sono stupito perfino io che una ragazza vestita fosse riuscita a catturare la mia attenzione più di una mezza dozzina in bikini».

«Apprezzabile scatto di maturazione, no?»

«Avevo allenato la mia vista a intercettare il minimo scostamento dell'orlo della sua gonna o dello scollo per poter guadagnare un centimetro di paradiso in più. Ho cominciato a pregare in ogni lingua conosciuta che lei o sua madre avessero bisogno di assistenza e avere così la scusa di parlarle, ma le settimane passavano e non avevo motivo di interagire con loro: non riuscivo a pensare ad altro al punto che una volta non mi sono reso nemmeno conto che una bagnante si era chiusa dentro alla sua sdraio».

«Blake Avery che si strugge per un amore platonico, poesia».

«Ero perso, dottore, mi creda. Non prendevo una cotta così dai tempi di Lindsay». Lascio vagare il mio sguardo fuori dalla finestra, ricostruendo le memorie e le sensazioni di quell'estate. «Non erano previste sbandate quando mi sono proposto per quel lavoro: solo guadagnare i soldi per la mia auto e divertimento. Jackie mi ha colto impreparato».

«Qualcosa mi dice che però non ti sei limitato a venerarla da lontano».

«Limitarmi? Io?»

«Infatti».

«Un pomeriggio particolarmente ventoso, una folata ha sparso i suoi appunti per tutta la piscina e io mi sono tuffato in acqua per salvare i fogli neanche si fosse trattato dell'unica copia della Dichiarazione d'Indipendenza. Era la mia occasione e l'ho colta al volo. Glieli ho allungati, io in acqua, lei inginocchiata a bordo vasca. Non mi ero mai avvicinato tanto e stavo per presentarmi, quando è arrivato suo padre e ha richiamato lei e la madre suggerendo di rientrare in stanza».

«Povero Romeo».

«Ho capito che se avessi aspettato il caso, il caso non mi avrebbe aiutato, così ho deciso di aiutarmi da solo», racconto ripercorrendo gli istanti del nostro incontro. «Il momento magico è arrivato una sera, nella hall dell'albergo, dove l'ho trovata a strimpellare sul grande pianoforte a coda bianco. Provava a suonare *Claire de Lune* di Debussy ma solo con la mano destra, così mi sono avvicinato, sono scivolato sul sedile imbottito accanto a lei e ho aggiunto la sinistra. Forse è stata l'unica volta che ho ringraziato mia madre per tutte quelle lezioni di piano: finalmente mi stavano tornando utili a qualcosa».

«E lei come ha reagito?»

«Subito ha sussultato, non so se per lo spavento o per la sorpresa, ma poi ha continuato a suonare fin dove conosceva il pezzo. Dopo ha ritirato la mano ed è rimasta accanto a me ad ascoltarmi finire l'esecuzione». Riascolto la melodia, cupa e malinconica, nella mia testa. Forse avrei dovuto considerarla un presagio. «Non sono mai stato così orgoglioso della mia bravura neanche durante tutti i concerti e saggi a cui avevo preso parte come per quell'unica, privata esibizione».

«Prima o poi mi piacerebbe sentirti suonare».

«Ogni tanto strimpello qualcosa ma sono fuori esercizio», minimizzo. «Con il pianoforte ho un rapporto strano: è qualcosa che ho imparato, in cui sono diventato bravo nonostante non fosse stata una mia scelta».

«Hai pensato che forse, per la scrittura, usi lo stesso tipo di intelligenza che sfruttavi per suonare, solo che al posto delle note ora usi le lettere dell'alfabeto?», suggerisce il dottore.

Rifletto sulle sue parole. «E anziché leggere un pentagramma, leggo i piani narrativi?»

«Ogni tua storia è una composizione: ha il suo ritmo, la sua melodia, il suo contorno, i suoi intervalli, i suoi toni, i suoi accordi».

«Questo è vero», annuisco. «Forse devo al pianoforte più di quanto io sia disposto a riconoscergli e forse è proprio per questo che a casa ne ho uno nonostante non sia una mia passione».

«Magari se scrivi così bene è anche merito di tua madre e del suo bisogno idiosincratico di avere un figlio pianista».

«Le scriverò un bel biglietto per Natale», commento. «Però, almeno quell'estate, mi è servito per lanciare un ponte verso Jackie e ha funzionato…».

∾

«Vorrei essere brava come te», commenta quando le mie dita si fermano sui tasti ma nell'aria vibra ancora l'ultima nota.

«Posso insegnarti», mi propongo.

«Oh, no», replica lei uccidendo subito le mie speranze e i miei sogni sul nascere. «Mi piacerebbe, ma lo studio non mi lascia tempo».

«Lo studio impegna il cento per cento del tuo tempo a quanto ho visto».

«Se voglio essere ammessa con il massimo punteggio alla Johns Hopkins, sì».

«Per iscriverti a medicina, immagino», suppongo. «Ti vedo sempre china su dei tomi di anatomia o chimica o biologia che pesano più di te».

«Mio padre si è laureato lì ed è stato lo studente migliore del suo anno. Quella di Charles Wheaterby è un'eredità pesante da raccogliere».

«Ecco perché io non andrò nell'università di mio fratello, non voglio dovermi confrontare continuamente con la sua reputazione».

«Dove ti sei iscritto?», mi domanda appoggiando il gomito sulla tastiera ed emettendo una cacofonia di note che la costringe a rimettersi dritta.

«Brown», dico.

«Caspita!», esclama lei, colpita. «Niente male per… per…».

«Per un bagnino?», la provoco.

«Oh, no, scusami, non intendevo quello. Mi riferivo all'alternativa rispetto a tuo fratello. In genere, la Brown non è considerata un piano B».

«E il tuo piano B qual è?»

«Non ce l'ho: la Johns Hopkins è l'unica opzione».

«E se non entri?».

Jackie sgrana i suoi occhi – visti da vicino sono grigi, punteggiati lungo il bordo di screziature ramate, come i suoi capelli – sconvolta. «Neanche quella è un'opzione».

«Ti ho vista in giro: fai colazione con il naso affondato nel libro, passi la mattina seduta al tavolino sotto il gazebo del bar della piscina sempre china sul libro, pranzi leggendo, al pomeriggio stai sdraiata sul lettino con uno dei tomi del Gray piazzato in grembo... scommetto che ti addormenti con il libro in faccia».

«Vedo che la mia routine ti è familiare».

«Sei l'unica ospite dell'hotel che non sembra in vacanza».

«Finché mia madre mi vede impegnata a studiare non mi parla, ed essere esonerata dal conversare con lei la considero già una vacanza».

Mi viene da ridere, ritrovandomi nelle sue parole. «Un punto per te».

«Non abbiamo molto in comune e, quando prova a fare la madre interessata, mi tartassa con l'amichevole suggerimento di uscire di più, fare amicizia, conoscere persone...».

«E tu non vuoi conoscere persone».

«Non è in cima alla mia lista».

Faccio per alzarmi dal panchetto. «Allora, forse è meglio che me ne vada. Stavo per presentarmi ma a quel punto la nostra diventerebbe una conoscenza e la tua lista sarebbe irrimediabilmente compromessa».

«No, ti prego, resta!», esclama tendendosi verso di me. La sua mano si allunga nella mia direzione ma si ferma sospesa in aria a pochi centimetri dalle mie dita. Jackie fissa quello spazio come se vi fosse una corrente ad alta tensione in mezzo.

Io, sfrontato, scavalco il confine immaginario e la stringo. «Blake».

«Jackie. Cioè, mi chiamo Jacqueline, i miei mi chiamano Jacqueline ma io preferisco Jackie».

«Anche io preferisco Jackie». Le nostre mani sono ancora strette una nell'altra anche se il tempo dedicato al convenevole sarebbe già scaduto da un pezzo.

«Domani sarai in piscina?»

«Come ogni giorno, da quando sei qui», confermo. «Anche se dubito avrai mai bisogno di me, dato che in tre settimane non hai sfiorato l'acqua nemmeno con un piede».

«E cosa ti fa pensare che, altrimenti, avrei bisogno di te?»

«La vasca è profonda, non si tocca».

«So nuotare».

«Sarà», alzo le spalle. «Ma io ancora non l'ho visto».

Il giorno dopo, Jackie arriva in piscina alla stregua di sua madre, con tre libri stretti al petto e con un abito svolazzante color pesca. Un gruppo di ragazzini mi fa un regalo e si tuffa a bomba proprio accanto a lei, alzando un'ondata che la infradicia. Dovrei richiamarli con il fischietto per infrazione del regolamento, ma il vestito le si è appiccicato addosso, con l'acqua che lo ha reso semitrasparente. Mi spingo gli occhiali da sole sul naso, senza spostare lo sguardo dal suo corpo.

Appena la madre si sdraia a prendere il sole, lontana dal suo sguardo, Jackie mi fa un cenno di saluto, che ricambio.

Poi prende il suo blocco per gli appunti, scrive qualcosa, strappa il foglio e si reca al bar, ma facendo il giro largo, intorno alla piscina, e passando proprio davanti alla mia postazione, dove lo lascia cadere.

Raccolgo il foglio da terra. C'è scritto: "Alle sei mia madre va sempre a farsi fare un massaggio alla spa dell'hotel".

Non c'è nessuna domanda, ma il biglietto è un invito.

Alle sei meno dieci chiudo gli ombrelloni, raccolgo i teli abbandonati e ripiego i lettini a tempo di record.

Jackie è seduta su uno dei divanetti di vimini del giardino dell'albergo, con un tomo in mano.

«Quanto dura il massaggio?», le domando.

«Un'ora e mezza».

«Perfetto, è sufficiente».

Jackie mi guarda aggrottando le sopracciglia. «Sufficiente per cosa?»

«Per fare un giro in barca», annuncio.

«Hai una barca?»

«La prendiamo in prestito. Seguimi». Le faccio cenno di venire con me verso il molo, dove raggiungiamo un motoscafo di sei metri, ormeggiato all'inglese. «Prego».

«Non sono sicura che dovrei darti retta».

«È la barca dell'hotel con cui si portano in giro i clienti, qualora volessero spostarsi velocemente tra una baia e l'altra».

«E come fai a sapere che non ci ficcheremo nei guai se dovessero scoprirci?», mi domanda Jackie sospettosa, incrociando le braccia al petto.

«Perché tu sei una cliente e io lavoro per l'hotel», taglio corto saltando a bordo e allungando la mano per aiutarla. «Il tramonto davanti a Cousins Beach è bellissimo».

Jackie guarda a destra e sinistra con aria circospetta. «Tra un'ora e mezza saremo di nuovo qui, vero?»

«Spaccheremo il minuto».

Lei annuisce, prende la mia mano e mi raggiunge sul motoscafo che oscilla appena, sbilanciato dal nostro peso.

Non sono un navigatore provetto ma ho fatto qualche giro con gli altri addetti dell'albergo e mi hanno fatto guidare, perciò mi sento abbastanza sicuro per il tragitto da percorrere.

Il problema è la tendenza a distrarmi, perché lo sguardo mi ricade sempre su Jackie, che, seduta a prua, con i capelli al vento è una visione. Ha la pelle chiarissima e con i raggi del sole calante sembra incandescente.

Quando arriviamo davanti alla striscia di Cousins Beach rallento, con il motoscafo che procede placido, beccheggiando tra le onde.

«Quanto resterai qui, in vacanza?», le chiedo.

«Fino a metà agosto, poi torneremo a Providence», risponde venendo a sedersi accanto a me.

«Non ti viene mai voglia di farti una nuotata? Sono lunghi due mesi di mare senza mai sfiorare l'acqua».

«Molto, ma non mi piace mettermi in costume davanti agli sconosciuti. Lo so che nessuno farebbe caso a me, in una piscina o in una spiaggia piena di gente, ma non sono a mio agio».

«È un peccato».

«Mia madre è stata una modella abbastanza famosa e una volta, facendo shopping con lei per scegliere gli abiti del mio sedicesimo compleanno, ho sentito una commessa dire alla collega: "Anche a cinquant'anni la madre è più bella della figlia" e l'altra replicare: "A non saperlo direi che è adottata"; da allora continuo a sentirmi e risentirmi queste battute ogni volta che mi trovo con lei e ho la sensazione che, se ci vedessero in bikini una accanto all'altra, tutti penserebbero la stessa cosa».

«Non credo tu abbia motivi per temere il confronto, se devo essere sincero». Almeno, così mi suggerisce la mia immaginazione.

«Non ho le sue cosce toniche, il suo sedere sodo, l'addome scolpito o il suo "famoso" seno antigravità. E quel che è peggio è che non posso nemmeno farmi scudo dell'alibi "chirurgia estetica", dato che non ha mai fatto mezzo ritocco. La natura non è stata così generosa con me: ho ereditato la genetica asciutta e spigolosa di mio padre».

«Non dovresti punirti per le opinioni malate di qualche testa di cazzo».

«Un giorno, forse, smetterò di ascoltare queste voci nella mia coscienza», sospira. «Che bella quella casa!», esclama cambiando argomento, il dito puntato verso una delle ville che punteggiano il lungomare.

Qui li chiamano cottage, forse perché il legno sbiancato e i tetti spioventi richiamano qualche suggestione rurale, ma in realtà a Cape Cod ci sono ville a perdita d'occhio e quella che guarda Jackie non fa eccezione.

Non siamo molto lontani da Hyannis Port, il compound estivo dei Kennedy, come potrebbe essere altrimenti?

Do un filo di gas e ci avviciniamo. Il cottage è circondato da un porticato profondo e tutt'intorno un verde selvaggio abbraccia l'edificio fino quasi a ingoiarlo. Le finestre sono tutte sprangate con assi e il molo, piuttosto malconcio, è transennato con tanto di divieto di attracco.

«Dev'essere abbandonata da diversi anni», osservo io.

«Sarebbe bellissima, una volta rimessa a nuovo», ribatte lei. «E poi, guarda: ha la sua spiaggia privata e nessun vicino per centinaia di metri».

Prima che io possa dire altro, Jackie scavalca la murata del motoscafo con una gamba, si sfila il vestito dalla testa e si tuffa in acqua.

«Visto?», domanda riemergendo. «So nuotare».

«Ti sei spogliata», le faccio notare.

«Sì, ma qui non c'è nessuno».

«Ci sono io», obietto.

«Se affogassi chi mi salverebbe?», m'incalza lei.

«Hai appena detto che sai nuotare».

«Potrebbe venirmi un crampo». Jackie s'immerge e nuota sotto la barca per poi sbucare dall'altro lato. «Non entri?!».

«Sarebbe molto inopportuno se il marinaio rientrasse bagnato. I clienti possono fare il bagno, i dipendenti no».

«Peccato, perché si sta molto bene... Ahhh!», urla lei all'improvviso terrificata.

«Cos'è successo?».

Si guarda intorno con l'angoscia negli occhi. «C'è qualcosa qui sotto, che mi ha sfiorata».

«Sarà stato un pesce».

«Oddio, ancora!», grida di nuovo. «No, no è molto più grosso. Ho paura, Blake». Jackie nuota in direzione della barca, con gesti frenetici e scomposti.

«Cerca di calmarti e non dibatterti, qualunque cosa sia, più ti agiti più rischi di renderla aggressiva», l'avverto.

«Tirami su!», mi prega aggrappandosi al bordo. La scaletta è dall'altra parte ma lei è nel panico e non la considera. «Presto».

L'afferro per le mani che, però, bagnate non mi consentono una buona presa.

Io tiro, ma lei di più e, anziché aiutarla, finisco in mare anche io.

Quando riemergo, però, sul suo viso non c'è traccia di paura.

«Non c'è nulla nell'acqua, vero?», le chiedo.

Lei scuote la testa.

«Lo hai fatto apposta».

«Mi hai scoperta», ammette.

«Bene. Hai detto di saper nuotare, eh?», ribatto. «Ti conviene anche essere veloce perché se ti prendo avrai un ottimo motivo per urlare».

La inseguo, con lei che si dimena per sfuggirmi, facendo lo slalom tra i pali sotto il molo privato.

«Sei piuttosto lento per essere un bagnino», mi prende in giro. «Avrei fatto in tempo ad annegare già tre volte».

«Ti sto lasciando un po' di vantaggio».

Nuotiamo in direzione della spiaggia e catturo la sua caviglia grazie a una sua mal calcolata finta per depistarmi, così la imprigiono contro un palo, in un punto dove io già tocco, ma lei no.

«Presa», dico facendole da barriera con il mio corpo, impedendole ogni via di fuga. «Credo che dovrei vendicarmi per il tiro che mi hai giocato».

«Cosa vuoi fare? Affogarmi?»

«No». Sotto questo molo siamo molto soli, molto appartati e molto vicini. Nello spazio tra il pelo dell'acqua e le assi del pontile riverbera l'eco dello sciabordio delle onde e dei nostri respiri affannati. «Voglio baciarti».

«Per essere una vendetta, dovrebbe essere qualcosa che a me non va di fare», ribatte lei.

«Tu vuoi baciarmi, Jackie?»

«Sì», la sua voce si fa sommessa e roca. Si morde il labbro inferiore, imbarazzata. «Solo che non so come si fa. Vuoi ancora baciarmi?».

Se lo voglio?! «Cazzo, sì». La mia bocca è sulla sua prima ancora di finire la frase.

Sarei voluto partire in quarta ma non voglio spaventarla quindi lascio che sia lei a dettare i tempi, a esplorare, a cercare il suo ritmo.

Jackie non è timida, e mi permette quasi subito di penetrare tra le sue labbra che sanno di salsedine e burrocacao solare.

Cinge le braccia intorno al mio collo, le gambe intorno ai miei fianchi, mentre io mi impongo di andarci piano perché vorrei metterle le mani dappertutto.

Quella sera rientriamo appena in tempo e tutti i giorni successivi aspettiamo che sua madre si ritiri alla spa per la nostra fuga segreta.

A volte facciamo il bagno e passiamo tutto il tempo avvinghiati in acqua, senza peso, altre restiamo a bordo del motoscafo, sdraiati sul materasso a prua, e i baci smettono di essere primi baci ma voglia di qualcosa di più, per mia grande gioia perché io voglio assolutamente qualcosa di più.

Con Jackie sto capendo che, rivivendo ogni tappa senza fretta, seguendo i suoi ritmi e non i miei, il suo piacere è una parte fondamentale del mio; se dovessi godere da solo allora tanto varrebbe farmi una sega.

Invece, perdo quasi la testa ogni volta che lei soffoca quel gemito che le sale un attimo prima dell'orgasmo nell'incavo del mio collo.

Dopo la mia prima volta, ho avuto esperienze solo con ragazze già navigate e disinvolte e riprendermi il tempo di ascoltare il suo corpo e il mio, con un po' di consapevolezza e competenza, è una riscoperta.

È anche la prima ragazza a cui faccio sesso orale, una cosa che mi aveva sempre spaventato, ma con lei mi viene spontaneo buttarmi e impazzisco quando mi affonda le dita tra i capelli e mi stringe la testa tra le cosce, pregandomi sia di smettere che di continuare.

«Domani arriva mio padre, non riusciremo a rincontrarci fino a lunedì, quando sarà ripartito», mi dice mentre siamo sdraiati a prua, pigri e intorpiditi dai due orgasmi che ci siamo regalati, io su di lei, la mia testa appoggiata al suo addome.

«Non gli piacerei?»

«Non gli piacerebbe nessun ragazzo. Non gli piacerebbe nulla che si mettesse tra me e la Johns Hopkins».

«Non ti impedirei mai di andare al college», obietto alzando il capo per guardarla.

«Questo, a lui, non importa».

Un po' mi uccide dentro ma penso anche che, dato che siamo solo all'inizio, è il caso di mantenere le distanze. Magari prima della fine dell'estate avrò modo di presentarmi come si deve e fargli una discreta impressione. «Vuol dire che per i prossimi due giorni potrò guardarti solo da lontano come quando non ti conoscevo?»

«Sì, proprio come facevo io».

«In che senso "come facevi tu"?», dico tirandomi su sui gomiti.

Jackie si volta con espressione colpevole. «Diciamo che sei stato una continua distrazione per i miei pomeriggi di studio in piscina».

«Eri sempre barricata dietro il tuo libro».

«Sì, ma ti osservavo in continuazione, solo che con gli occhiali da sole non potevi accorgertene». Jackie si stringe nelle spalle. «Scusa, ma non ti sei mai chiesto perché studiassi in piscina e non in un posto più comodo e meno caotico?».

Per me è una rivelazione. E io che credevo che la mia fosse una cotta non corrisposta. «Certo, ma non pensavo di essere il motivo».

Jackie sale a cavalcioni su di me, una posizione pericolosissima perché, anziché rimettere in moto la barca e tornare all'hotel, mi fa venire voglia di spostarle lo slip del costume e finire quello che avevamo iniziato. «Sei sempre stato tu il motivo di tutto. Io e mia madre dovevamo restare solo una settimana, ma secondo te perché ho detto a lei e papà che qui a Cape Cod mi concentravo meglio che a casa, e ho proposto di trascorrere l'estate all'hotel anziché rientrare?»

«Perché sei ricca sfondata?», ribatto ironico, per nascondere l'imbarazzo che mi sta comprimendo il cervello e tutta la regione deputata alla parola.

«Perché mi piaci un casino, Blake».

Il weekend mi sembra durare un mese, ma Jackie è controllata a vista dal padre che, a quanto pare, verifica i suoi progressi nello studio interrogandola sui capitoli che le assegna ogni settimana.

Ci limitiamo a scambiarci sguardi fugaci e carichi di tensione, lei mi sussurra un "Mi manchi" che le leggo sulle labbra.

La settimana successiva, il grado di dedizione allo studio di Jackie cala ulteriormente: riesce a strappare a sua madre il permesso di uscire dopo cena per passeggiare lungo la spiaggia dove ogni sera ci sono i falò.

Siamo disgustosamente sdolcinati ma Jackie mi piace, con lei sono felice, e al momento mi sembra la mia estate migliore di sempre. Ho un buon lavoro, guadagno bene, mi comprerò l'auto che mi piace e mi sto innamorando.

È anche per quello che non ho fretta di bruciare le tappe con lei: sento che Jackie non è una ragazza con cui è destinata a finire nel giro di poco, con cui cogliere l'attimo perché non si sa se torna, quello che sento per Jackie voglio farlo crescere e diventare qualcosa di più.

Sì, mi sa che a scaldarmi il petto è il famoso amore di cui tutti parlano: non vedo altre ragazze a parte lei, non esistono.

Non la sto vivendo come una storia estiva ma come una che ha un possibile domani. Mi sono iscritto alla Brown, ma dopo questo primo anno potrei trasferirmi alla Baltimore University così da vederci più spesso.

Sto pensando già quasi due anni avanti da oggi, cosa che non mi era mai capitata.

Glielo dico e lei sembra felice della mia proposta.

«Sai uno degli aspetti più belli del college? Non ci saranno i miei intorno», ridacchia maliziosa mentre ce ne stiamo abbracciati in acqua. «Niente minuti contati, una stanza a disposizione senza occhi indiscreti attorno dove passare tutta la notte».

Un pomeriggio, dopo una mattina di vento violento, troviamo un'asse schiodata da una delle finestre della villa abbandonata, così entriamo a sbirciare.

È tanto malconcia fuori quanto ben conservata all'interno. Ci sono dei giornali sul tavolo da pranzo risalenti a una decina di anni fa.

«Prova a pensare di guardare il tramonto da qui», esclama lei indicando la grande vetrata del soggiorno, ora oscurata. «Mi piacerebbe vivere in questa casa».

«Bella davvero», le faccio seguito pensando a quanto possa costare comprarla e metterla a posto. Un attimo? Sul serio sto pensando a quanto costa una casa?

«A te piacerebbe?», mi domanda Jackie.
«A chi non piacerebbe?»
«A me interessa sapere se piace a te, però».
«Molto», rispondo. «Ma credo che mi piacerebbe qualunque casa in cui ci sei dentro tu».
Ed è proprio lì che facciamo l'amore io e Jackie.
È la sua prima volta, ma in verità è anche la mia perché ci sono con il corpo, ma anche con il cuore.
Come due cretini lo facciamo senza preservativo – lo capirò solo tempo dopo, quanto sono stato imbecille – ma lì per lì il rischio non ci spaventa.
Ci vogliamo troppo per aspettare, ci vogliamo troppo per usare il cervello, sentirci subito è l'unica urgenza a cui dobbiamo rispondere.
«Ti amo», le dico subito dopo. Lei non risponde ma mi bacia, quindi lo prendo per un "Ti amo anche io".
Scemo.
Ma anche questo lo capirò dopo.
Torna suo padre e questo weekend è ancora più difficile da sopportare perché, ora che so quanto mi piace stare dentro Jackie, ne ho un bisogno fisiologico.
Li vedo al bar della piscina ad affrontare l'interrogazione di rito, ma stavolta lui scuote la testa con aria delusa, poi sempre più nervoso finché non sbotta, infastidito dalle risposte insoddisfacenti della figlia.
Non ha studiato, o meglio, non ai livelli che pretende lui.
Vorrei intervenire ma mi trattengo con fatica. Inveirgli contro non sarebbe un buon biglietto di presentazione.
Finalmente lunedì mattina riparte e Jackie è di nuovo mia, pomeriggio dopo pomeriggio, in tutti i sensi possibili.

La casa sulla spiaggia è diventata la “nostra casa”. E, forse, lo sarà davvero un giorno.

Almeno, adesso i preservativi li ho, anche se di questo passo mi giocherò il mio montepremi per l'auto, ma non me ne frega niente.

Il disastro succede quando rientriamo venerdì sera, come se niente fosse.

Troviamo tutto il resort allarmato e, sul pontile, il padre di Jackie che urla come un ossesso appena ci vede.

È arrivato prima, oggi, anziché domattina come sempre, e ora ha davanti a sé il suo peggior incubo.

Ho rapito la sua preziosa figlia e, quando provo a spiegargli che io e Jackie “facciamo sul serio”, quasi mi mangia vivo.

«Sul serio con uno come te?», sbraita caricando di disgusto quelle ultime tre parole.

Jackie è paralizzata dallo spavento e io, per quanto lui sia un luminare nel suo lavoro, penso che non vorrei mai che un uomo del genere mi mettesse le mani nel cranio. Essere sua figlia deve essere atroce.

Il fatto che poi lui intraveda la scatola di preservativi nel portaoggetti del cruscotto, da cui Jackie recupera in fretta e furia il suo cellulare e la chiave della stanza, non aiuta.

La sua rabbia degenera nell'accusa di violenza, io mi prendo del predatore sessuale e in tutto questo Jackie non dice nulla, muta e con gli occhi bassi.

Il padre la prende per mano – ma non con dolcezza, è più una morsa – e la trascina su in camera, mentre a me spetta un'altra ora di richiamo dal direttore.

Non si va a letto con le clienti e men che meno con le figlie delle clienti.

Sono fuori. Mi danno fino al mattino per sgomberare il mio alloggio, ma con l'hotel ho chiuso.

Non me ne frega niente dell'hotel, me ne frega di Jackie, ho bisogno di sapere se sta bene perché ho paura che non stia bene affatto.

Il giorno dopo cerco di raggiungere la piscina passando dalla spiaggia, lei è lì sulla sua sdraio come sempre, tra il padre e la madre.

La chiamo e lei si volta nella mia direzione. Il contatto visivo dura mezzo secondo e poi torna a chinare la testa sul libro, con indifferenza.

Io voglio parlare con suo padre, fargli capire che ho intenzioni serie, che sono innamorato di lei, che anche se sono solo un ragazzo che fa il bagnino per pagarsi la macchina sono onesto e sincero.

La chiamo ancora, più forte. Tutti i bagnanti si girano a guardarmi tranne lei, come se la mia voce non le arrivasse.

A suo padre invece arriva e ci mette un secondo a indicarmi e chiedere che la sicurezza mi allontani.

Conosco Anthony e Will, fanno il loro lavoro quando mi sollevano di peso per le braccia, ma non usano cattiveria, più che altro leggo loro in faccia un'espressione tipo: "Scusaci, ma dobbiamo".

Jackie mi lancia un'ultima occhiata vuota, distante, e io sento freddo dentro come se fosse arrivato gennaio all'improvviso, a fine luglio.

Non mi ha detto che mi ama perché non mi ama, e ora mi è chiaro.

Provo l'ultima chance, le scrivo una lettera e la lascio al concierge, che detesta la scortesia del padre di Jackie e mi promette che gliela farà avere. Le propongo di incontrarci per parlare, per sistemare le cose, per trovare una soluzione, io non voglio arrendermi così.

Dopotutto, non piacere a un padre non sembra un ostacolo così insormontabile.

Mezzo morto dentro, aspetto una risposta per due giorni in un bed-and-breakfast che mi costa un'altra fetta del mio gruzzolo per la macchina. Finalmente mi chiama la reception dell'hotel: Jackie ha lasciato un messaggio per me. Non il padre, proprio lei.

Vado a ritirare la busta, spero di leggerci un luogo e un orario.

> Mi dispiace, Blake. È stato bello ma non ne vale la pena.
> Ti auguro il meglio,
>
> Jackie

Accartoccio il biglietto, lo butto via e torno a casa.

Non valgo la pena; quattro parole che mi riecheggiano in testa fino a New York.

Ci metto un mese a smettere di odiare Jackie, dopodiché per lei mi rimane solo pietà.

Mi brucia solo il dispiacere di aver perso la Gran Torino che volevo. Avevo chiesto al tizio che la vendeva di tenermela fino a fine estate, ma l'ha venduta a un altro che giustamente gli dava i soldi che voleva.

Non ho la macchina, non ho Jackie e probabilmente non avrò mai una casa sulla spiaggia.

Quella storia estiva è il mio passaporto per avventure senza legami.

Jackie è diventata un ricordo ormai lontano e sbiadito quando la incontro, con mia sorpresa, alla presentazione del mio penultimo romanzo.

Quando mi porge il libro aperto sul frontespizio,

durante il firmacopie, e mi dice "Jackie", ci metto qualche momento a capire che è *quella* Jackie.

Mi trovo preso in contropiede; anche se sono passati anni, la sua vista risveglia l'umiliazione che ho vissuto.

«Magari possiamo prendere un caffè, quando avrai finito», propone con voce sommessa.

«Sarà lunga», rispondo senza entusiasmo, indicando la fila di persone dietro di lei. Ne avrò almeno per un paio d'ore ancora. È un no, se vuole capire, lo capisce.

«Posso aspettare», insiste. «Mi piacerebbe parlare».

Prendo il libro, ma non ho voglia di scrivere la frase che scrivo a tutti, non ho nulla da augurarle.

E soprattutto, non ho voglia di ascoltare qualunque cosa abbia da dire.

Troppo facile, ora. Troppo comodo.

La mia mano decide da sola. Le restituisco il libro e, dopo una rapida occhiata alle mie parole, Jackie se ne va.

∾

«Cosa le hai scritto?», mi domanda il dottore balzando in avanti sulla sua poltrona. «Ti sembra questo il momento per metterti a fare il maestro della suspense?»

«L'unica cosa che potevo scriverle: "Non ne vale la pena"».

«Affilato», commenta.

«Meritava di sapere come mi aveva fatto sentire». Mi alzo per lasciare lo studio, a seduta finita.

«Hai poi comprato una Gran Torino? Puoi permettertela ora, no?»

«Ho una Ferrari», rispondo.

«E la casa sul mare?»

«Comprare case è per chi vuole una famiglia. L'articolo non mi interessa».

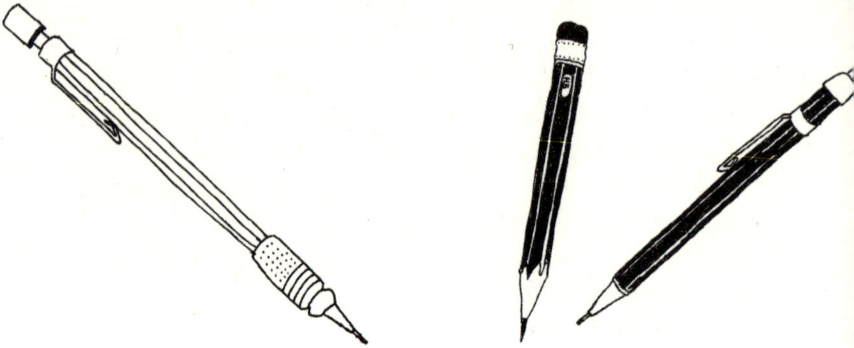

# LA PRIMA RAGAZZA CHE HO RIFIUTATO

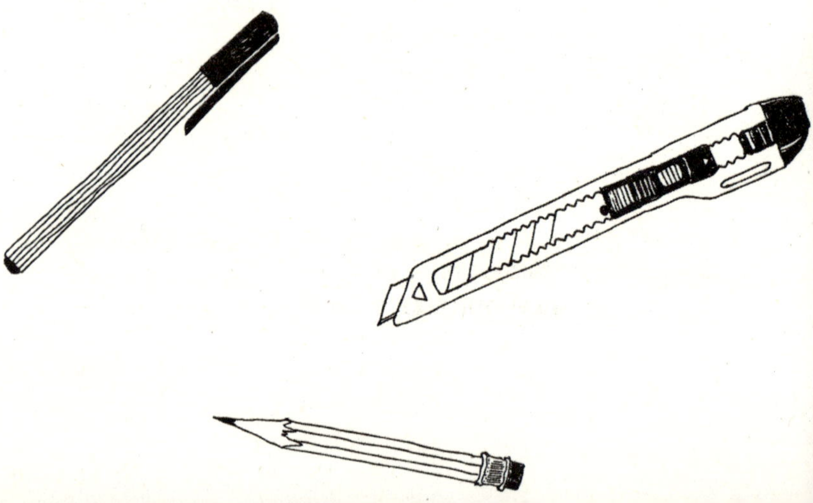

*Slut! – Taylor Swift*

«Stavo riflettendo che dalle nostre conversazioni tu risulti molto più un bravo ragazzo di quel che sembri, Blake», è il saluto del dottore quando giungo nel suo ufficio per la nostra quinta seduta. «Mai puntuale, ma bravo».

«Definisca "bravo"».

«Gentile, altruista, tutto sommato una ragazza nelle tue mani è al sicuro», constata. «O forse hai fatto un ritratto troppo generoso di te stesso?»

«Dipende dalle situazioni e dalle persone. Però, se posso darle un consiglio, fossi in lei dovrebbe presentarmi sua figlia», replico affacciandomi alla finestra per accendermi la mia sigaretta di diritto.

«Ho detto bravo, non perfetto, Blake. E no, la mia non era una tacita autorizzazione a provarci con mia figlia», ribatte lui sulla difensiva.

«Infatti, il motivo è l'esatto contrario. Io e lei ora abbiamo stabilito una relazione di reciproco rispetto, diciamo, no?».

Lui annuisce dubbioso. «Dove vuoi arrivare?»

«Le faccio un esempio: le sorelle dei miei amici sono off-limits. Non importa quanto siano attraenti, per me sono trasparenti, non le sfiorerei con un dito nemmeno se mi si buttassero nude addosso».

«Tu e i tuoi amici avete questa specie di codice d'onore?»

«Per il grado di confidenza che abbiamo io e lei, ora mi sento in questa posizione anche nei suoi confronti. Pertanto le dico che dovrebbe presentarmela: così, sapendo che faccia ha e come si chiama, se dovessi incontrarla in giro, mi terrei a debita distanza», spiego.

«Il tuo ragionamento è contorto: ti presento mia figlia così non ci esci?»

«Contorto ma sensato», obietto. «Io ho una vita sociale molto intensa, dottore, incontro molte persone e molte di queste sono donne. E molte di queste donne...».

Zucky alza la mano per fermarmi. «Ho capito».

«Non voglio svegliarmi una mattina e trovarmi sua figlia nel letto», concludo provocandogli una smorfia di dolore.

«Tu dai per scontato che lei cederebbe alle tue avances con facilità».

«I precedenti danno ragione alla mia teoria».

«E cosa succede quando tra amici si infrange la regola aurea del "mai con le sorelle"?»

«Succede quello che è accaduto a me al terzo anno di college. Knight stava per rompermi il naso. Ma giuro che quella volta non è stata colpa mia».

«Scommetto che non è mai colpa tua, eh?»

«Dico davvero. È stato tutto un malinteso...».

«Sembra che tu faccia "Malinteso" di secondo nome».

«A volte sembra pure a me. Comunque, le spiego perché le figlie o le sorelle degli amici non si toccano...».

«Domani viene a trovarmi Kelly», mi annuncia Knight mentre usciamo da lezione. «Non ho voglia di farle da bambinaia».

«Siete gemelli, avete la stessa età», gli faccio notare.

«Sì, ma lei è sempre stata un po' svagata, un po' ingenua, vive nel suo magico mondo della danza e tutto ciò che esula da scarpette e *plié* non lo considera».

«Sei sempre stronzo con lei».

«Non è vero, le voglio bene, ma lo dimostro a modo mio. E poi, domani sera ho un appuntamento, ok?»

«Con?».

Knight mi guarda con un sorriso a duecento denti. «LEI».

Il suo è proprio un LEI tutto maiuscolo. Metà delle ragazze del campus sbava dietro a Knight ma lui ha occhi solo per un'algida stronza che non considera nessuno che non abbia due cognomi.

«Con la Frosty?»

«Forsyth», mi corregge lui. «E si chiama Lauren Caroline».

Lo so, ma io l'ho ribattezzata Frosty proprio perché mi ricorda un pezzo di ghiaccio. Sempre perfetta nei suoi completi bianchi, stirati di tutto punto, la regina delle fottute nevi. Lei e le sue amiche, ovviamente sue cloni: Frosty 1, Frosty 2 e Frosty 4. C'era anche una Frosty 3 ma la regina l'ha fatta fuori e ora si odiano.

Perché a Knight piaccia non ne ho idea. Le muore dietro da mesi, sarebbe capace di buttarsi su una pozzanghera di fango pur di farle attraversare la strada senza che si bagni le sue ballerine Chanel.

«Quindi che fai? Tiri il palo a Kelly?», gli chiedo.

«Figurati, poi chi li sente i miei? Comunque, mi fa

piacere stare con mia sorella ma non domani sera», rimugina lui.

«Rimanda l'appuntamento con la Frosty».

«Sei pazzo?! Con tutto il tempo che ho aspettato questa occasione, non rimando neanche mi colpisse un meteorite qui, adesso».

«Allora, che vuoi fare?».

Knight mi guarda implorante. «In realtà, speravo che potessi darmi una mano tu».

«Io?»

«Sì, avanti. A Kelly stai simpatico, hai sempre la battuta pronta, andate a mangiarvi un boccone – offro io – le fai fare il giro del campus, magari la porti a qualche festa, tu che sei sempre aggiornato con gli eventi delle confraternite, così che si diverta, niente di complicato».

«Magari aveva piacere di stare con te, non con la tua spalla».

«Ci starò, ma non domani sera».

«E va bene», cedo. «Ma spero per te che ne valga la pena di uscire con la Frosty».

Il pomeriggio successivo, Knight mi affida Kelly, che è ospite in camera nostra, dove lei dorme sul letto di Knight e lui in un sacco a pelo a terra.

«Spero che non mi serva», dice mentre esce dalla stanza diretto al suo appuntamento.

«Ti sei dato il profumo con l'idrante?», gli domando.

Lui si annusa il maglione, quello "buono" di Ralph Lauren, che usa solo per le occasioni. «Perché, si sente molto?»

«Se ti passassi accanto con una sigaretta, ti accenderesti come una torcia umana», ribatto.

«Esagerato».

«Per niente, ho già mal di testa».
«Prenditi un'aspirina».
«Vaffanculo tu e la Frosty».
«Abbi cura di Kelly», dice allontanandosi lungo il corridoio del dormitorio.
«Guarda che non ho bisogno delle cure di nessuno», gli urla dietro sua sorella che sbuca dal blocco bagni, avvolta nell'accappatoio e con un turbante in testa.
«Qua l'unico che ha bisogno di curarsi è tuo fratello», le dico.
«Sono d'accordo, non capisco come facciate a essere amici. È così cambiato negli ultimi mesi...».
«Sta facendo i salti mortali per conquistare la più algida stronza che abbia mai camminato su questa terra. Vai a sapere perché gli piace».
Do a Kelly il tempo di cambiarsi e poi entro in camera a prendere la mia giacca di pelle. Stasera andremo alla festa di Halloween data da una confraternita a cui le sarebbe piaciuto partecipare.
«Come hai fatto ad avere l'invito?», domanda Kelly camminando al mio fianco, tra i vialetti del campus.
«Conosco il presidente. Mi aveva anche proposto di entrarci, ma le confraternite non fanno per me. Roba da maschi-bianchi-alfa-etero-cis».
Kelly ride. «Ma Blake, tu sei un maschio-bianco-etero-cis... qual era l'altra che avevi detto?»
«Alfa. Io non sono un alfa», spiego accendendomi una sigaretta. «Non mi piacciono i branchi, non sento il bisogno di guidarne uno. A malapena riesco a prendere decisioni per me stesso».
«Allora grazie per aver deciso di accompagnarmi».
«L'ho promesso a Knight e in genere le promesse le

mantengo. In più, alla DeltaPhi danno sempre delle gran feste».

«Sono molto curiosa della vita che fate tu e mio fratello qui, all'università. L'accademia di danza è competitiva, severa, rigida, mi sembra che voi vi divertiate molto di più».

«Diciamo che non ci stiamo sacrificando. Io, forse, me la godo in misura maggiore di tuo fratello, perché lui deve arrivare primo in ogni corso quindi ci dà dentro il doppio di me con lo studio, ma essendo molto intelligente non gli costa poi grande fatica. E credo anche che quella lapide di marmo della Frosty gli abbia messo gli occhi addosso perché le farebbe comodo andare a rimorchio di uno come Knight».

«Proprio non ti piace lei, eh?»

«Si capisce?». Le racconto un po' di Lauren Caroline Forsyth, una principessa viziata dell'Upper East Side, sorella di uno stronzo viziato dell'Upper East Side – un duo tossico come pochi se ne sono visti –, che guarda caso è cugino del capo della DeltaPhi.

«C'è solo un motivo per cui Knight può voler uscire con una così: non credo sia tanto perché gli piace lei, quanto piuttosto gli piace l'idea di stare con una come lei. Mi spiego meglio: l'essere scelto da una ragazza appartenente all'élite valida la sua posizione».

«Ma Knight non ha bisogno di essere validato da nessuno, men che meno dell'approvazione di quell'essere inutile».

«Hai ragione, ma non penso che possa capirlo se non sbattendoci la faccia. Quando tra un paio di uscite si sarà stancata di lui, tornerà in sé».

La festa della DeltaPhi rispetta le aspettative: i membri della confraternita sono paccati di soldi, hanno il dj migliore, il catering migliore, l'alcol migliore e non è un caso se tre quarti delle matricole ambisce a farne parte.

«Guarda che se vuoi ripensarci, un posto per te c'è», mi dice Trevor, il presidente in persona, passandomi un Manhattan eseguito alla perfezione.

«Sai benissimo che io, con i DeltaPhi, non c'entro nulla. Non ho un cognome importante né un fondo fiduciario». Due requisiti che sembrano accomunare ogni membro della confraternita. Io ho conosciuto Trevor a uno degli eventi di beneficenza organizzati dai miei per la charity di un'importante banca di Manhattan, di cui i suoi genitori sono tra i principali azionisti.

«Ma le ragazze ti muoiono dietro e qui apprezziamo chi procaccia fauna femminile di livello. Quella che hai portato stasera, per esempio, è un gran bel pezzo di fi...».

«È la sorella di Knight Underwood», lo fermo.

«Chi?».

Ecco: a Knight, per esempio, piacerebbe essere ammesso tra i DeltaPhi, peccato che i DeltaPhi non sappiano nemmeno che lui esista.

Ora Kelly è in un angolo della sala principale della sede della confraternita, accerchiata da tre ragazzi che ci stanno provando in maniera plateale. La tutina di latex che indossa – mi pare sia vestita da Catwoman – mette in risalto il suo fisico tonico temprato da anni di danza, e il più alto, un cowboy con i capelli leccati all'indietro, la sta spogliando con gli occhi.

È oggettivo che Kelly sia molto attraente ma ricorda troppo Knight per attrarre me. Sono gemelli e la somiglianza la noto tutta.

«Un mio amico», aggiungo. «Kelly è sua sorella».

Trevor prende un sorso del cocktail, dando un colpo di spalle. «Tutte quelle che ci scopiamo sono sorelle, amiche, cugine di qualcuno, solo che non lo sappiamo».

«Io lo so», rimarco con decisione. «Per quello te lo sto dicendo».

«Rilassati, Avery, chi sei? Suo padre?!», sbuffa Trevor. «Era per parlare».

La serata scorre tutto sommato tranquilla. Non voglio fare il mastino; Kelly è maggiorenne e non le serve lo chaperon: se ha voglia di divertirsi, deve sentirsi libera di farlo. Mi limito ogni tanto a gettare un'occhiata in giro e individuarla tra la folla: è sempre in compagnia di qualche DeltaPhi in caccia, che le tende un bicchiere dopo l'altro.

Alla fine, però, pure io sono alla festa e decido di assecondare una Mercoledì Addams cresciuta in fretta.

Al primo scambio di occhiate registro la sua presenza, al secondo registro il suo interesse, al terzo mi butto.

Dieci minuti di chiacchiere allusive, una strusciata mascherata da ballo e ci ritroviamo in camera di non so chi.

Tutto normale, è già successo altre volte e succederà ancora.

«Pare che di là qualcuno si stia divertendo», osserva Merrit – il vero nome di Mercoledì – all'udire una serie di versi soffocati provenire dalla stanza accanto.

Ci stiamo rivestendo e, in effetti, la parete che separa le due camere non isola l'acustica. Se noi possiamo sentire loro, qualcuno avrà sentito noi.

Questi, però, non mi sembrano versi particolarmente entusiasti, assomigliano più a un piagnucolio, ma chi sono io per giudicare? Una volta mi sono ritrovato perfino con una ragazza che ululava... Ognuno gode a sacrosanto modo suo.

Usciamo per tornare di sotto e noto che, appeso al pomello della porta della stanza vicino a quella in cui ci siamo infrattati noi, c'è un cappello da cowboy.

Mentre scendo le scale, non mi tolgo dalla testa i versi più infastiditi che eccitati e giù, nella festa, non scorgo da nessuna parte né il cowboy con la leccata né Kelly.

«Scusa, Merrit», le dico lasciandole la mano per tornare di sopra.

«Che fai?», si lamenta lei, scocciata.

«Devo controllare una cosa».

Torno nel corridoio e, ascoltando meglio davanti alla camera, decido che quelli che sento non sono strilli di goduria, ma di pietà. Non è un "Ti prego, per favore" di chi ne vuole ancora, ma di chi non ne può più.

Forse è Kelly, forse no, ma io entro.

Tiro due calci alla porta e al terzo si scardina.

«Ehi, coglione, non hai visto il cappello fuori?», sbraita un tizio mascherato da Batman che punta un cellulare verso il letto.

Lì c'è Kelly, il viso striato di mascara sciolto, il rossetto sbavato e la zip della tutina calata fino all'inguine. Inginocchiato su di lei, il cowboy si mena un'erezione mezza moscia mentre Trevor la tiene per le braccia.

«Che cazzo state facendo voi tre idioti?», domando inferocito.

«Oh, guarda che è questa troietta che ce l'ha chiesto», risponde il cowboy. «E poi le piace, vero, bambolina?»

«Non mi sembra proprio», obietto. «Toglietele le vostre mani di merda da dosso».

«Se vuoi favorire ce n'è anche per te», ribatte Batman.

«Se non la pianti di riprendere, t'infilo quel cellulare nel culo», gli rispondo.

«Chi ha invitato questa faccia di cazzo?», domanda lui.

Il cowboy indica Trevor con un cenno. «Il capo».

Il capo… cosa dicevo riguardo ai branchi?

«Lo ripeto l'ultima volta poi accendo questo», minaccio sollevando l'accendino, «e do fuoco alla vostra preziosa baracca. Dico sul serio, non ho niente da perdere. Lasciate andare Kelly».

Il cowboy si sposta, Trevor le libera le mani e lei mi corre incontro, buttandomisi addosso. «Grazie», sussurra tra un singhiozzo e l'altro.

«Riprenditi pure la tua puttanella, tanto non riesce neanche a farmelo alzare», borbotta leccata-di-vacca.

«Adesso andiamo», la rassicuro. Ci metto davvero poco a rendermi conto che Kelly ha le gambe flosce e si regge appena in piedi, priva di orientamento e senso dell'equilibrio. «In tre su una ragazza sbronza? Complimenti: se da sobrie le donne non vi vogliono, fatevi due domande. Segaioli», dico prima di lasciare la stanza, sostenendo Kelly con un braccio.

«Avery», mi richiama Trevor. Non usa mai il mio cognome. «Scordati la mia proposta di entrare nei DeltaPhi. È l'ultima volta che metti piede qui dentro».

Guardo il trio pietoso: fondi fiduciari, macchinoni, cognomi di stirpe e non sono in grado di conquistare una donna. «La prendo come una promessa».

Tiro su la zip della tutina di Kelly e le metto la mia giacca, perché fuori fa freddo, poi la sollevo in braccio e la riporto al dormitorio, felice che Knight sia ancora fuori e sperando che ci resti per un bel po'.

Kelly è ubriaca e quasi priva di sensi quando la metto sul letto. Quando suo fratello tornerà, non dovrà trovarla così.

A mali estremi…

La trascino in bagno, davanti alla tazza del cesso, dove passo l'ora successiva con due dita nella sua gola e i suoi capelli stretti nell'altra mano.

Quando mi sembra abbastanza in sé da non affogare, la svesto – a occhi chiusi non è facile – e la infilo in doccia.

Ok, siamo nel blocco bagni dei ragazzi ma non è il momento di formalizzarsi.

L'acqua le restituisce lucidità e mi fido abbastanza da allontanarmi a prenderle da bere.

«Ho fatto schifo, vero?», mi domanda quando la ritrovo in camera seduta a terra.

«Ho fatto di peggio». Le allungo una bottiglietta d'acqua. «Bevi».

«Grazie mille», mormora abbassando lo sguardo.

«Di che?»

«Di tutto. Se non fossi arrivato tu… Credevo di non aver bisogno di nessuno che mi facesse da guardia del corpo, ma mi sbagliavo».

«Invece no», mi siedo accanto a lei, «nessuna dovrebbe avere bisogno di una guardia del corpo, basterebbe sapersi tenere l'uccello nelle mutande quando una ragazza dice no. Specie se non è sobria. Che io ricordi sono stato sbronzo anche più di te, ma nessuna mi ha mai chiuso in una stanza cercando di saltarmi addosso e riprendermi con un cellulare».

«Io non credevo che sarebbe andata così», ammette giocherellando con il tappino. «Loro sembravano così carini e non mi capita spesso all'accademia di ricevere attenzioni di quel tipo, o di flirtare. Sono tutti troppo concentrati a fare le scarpe ai propri rivali e volevo provare un po' quel brivido dell'essere ammirate a una festa».

«Guarda che il discorso che facevamo su Knight vale anche per te: non ti serve l'attenzione di un figlio di papà con la Jaguar e la camicia cifrata per sapere che vali».

«Hai ragione, predico bene poi razzolo male. Mi hanno invitata a fare il giro della villa dei DeltaPhi, ero davvero curiosa di vederla, ma, a un certo punto, siamo finiti in quella camera e mi sono ritrovata tutte le loro mani addosso».

«Sono arrivato in tempo, vero? Prima che...». Solitamente non sono così vittoriano, non mi censuro, so benissimo cosa vorrei dire, ma non riesco a finire la frase.

Kelly annuisce.

«Meno male».

«Magari a Knight non lo diciamo», aggiunge.

«Io credo che debba saperlo».

«Non mi darebbe più pace. Sono sua sorella, per lui sono tipo asessuata, come un fungo che si riproduce con le spore».

«Prima o poi se ne farà una ragione. Però è giusto che sappia che la confraternita che ammira tanto e di cui vorrebbe fare parte è una latrina di stronzi galleggianti», insisto. «Ne sento il dovere morale».

«Penso che starebbe comunque meglio se non lo sapesse, perché si sentirebbe in colpa per essere uscito con la sua fiamma anziché stare con me e si torturerebbe l'anima per il resto dei suoi giorni. Knight ha il generoso difetto di farsi carico dei problemi degli altri e martirizzarsi in silenzio finché non crolla».

«Sto cercando di capire chi sia il più protettivo verso l'altro tra voi due».

«Non provarci neanche, è impossibile. Una volta abbiamo rotto incidentalmente un vaso a cui nostra madre era affezionata e abbiamo fatto a gara per prenderci la colpa».

«Vorrei avere lo stesso rapporto con mio fratello. Non riusciamo a respirare la stessa aria per più di dieci minuti», sbuffo. Simon, se poteva, mi tirava in mezzo pure quando non c'entravo. «Forse avrei preferito una sorella. Non me la sarei cavata tanto male, che dici?»

«Sono di parte, per me tu non sbagli mai», scherza Kelly.

«Questo perché mi vedi una volta al mese», ribatto. «Se fossi tuo fratello, forse non saresti della stessa idea».

«Per fortuna non lo sei!», esclama.

«Ah, grazie», dico offeso. «E io che credevo di aver anche fatto bella figura».

«Per fortuna, perché io non ho voglia di baciare mio fratello».

La battuta di Kelly piomba nella stanza come se ci fosse crollato il soffitto in testa.

«Non dici sul serio, vero?», le domando.

«Perché?»

«Cioè, intendi che vorresti baciare me? Ho capito bene?»

Lei annuisce. «Hai capito bene».

«Forse sei ancora annebbiata dai fumi dell'alcol, Kelly», dico grattandomi la testa, in imbarazzo.

«Be', non ti nascondo che mi hai molto colpita quando ti ho conosciuto e mi fa sempre piacere venire a trovare Knight anche perché so che ti incontrerò», confessa.

«Mi sa che è il caso di mettere in chiaro una cosa, non voglio che tra di noi ci siano fraintendimenti», la fermo. Anche se ora è di nuovo lucida, potrebbe dire qualcosa di cui domani, a mente fredda, si pentirebbe.

«Oddio, forse facevo meglio a stare zitta», mormora mortificata.

«Invece no», la interrompo. «Tu mi piaci, Kelly, ma non in quel senso. Se mai ti avessi lasciato intuire una qualche intenzione che non c'era, questo è il momento giusto per sciogliere ogni dubbio».

«Forse preferivo restare con il dubbio». Kelly si morde il labbro inferiore con aria imbarazzata.

Le prendo la mano sinistra con cui sta torturando un filo pendente dalla cucitura della tuta. «Sarò sempre felice di stare in tua compagnia quando verrai a trovare Knight, ma per me tu sei come lui: un'amica con cui mi trovo bene, con cui mangiare una pizza, berci un caffè o andare a una festa, magari più decente di quella di stasera, ma il mio interesse finisce qui».

«Be', peccato, perché in giro sono più i tizi come quelli della DeltaPhi che non i ragazzi come te, e io preferisco un Blake Avery a un qualsiasi principino blasonato da confraternita».

«Fidati, di uno come me ti stancheresti presto. Tu sei una ballerina, hai fatto della disciplina e del rigore il tuo credo, dopo una settimana vorresti uccidermi. E forse ti accorgeresti anche che non sono tanto meglio di un Trevor o del cowboy».

«Questo non è vero e lo sai. Sarò anche stata

sbronza da far schifo, ma ho sentito ciò che hai detto quando sei entrato nella stanza. Non hai nulla a che spartire con quei tre animali. Sei una bella persona, Blake».

«È solo la tua gratitudine a parlare. Che ne dici di farti una bella dormita, cosicché domani non avrai la faccia di una che è finita sotto un camion e, se siamo fortunati, Knight sarà così su di giri per il suo appuntamento con la Frosty da non notare la tua aria stravolta?», le propongo tirando indietro le coperte del letto di suo fratello.

«Hai ragione, meglio che dorma prima di dire altre sciocchezze e mettere in imbarazzo sia te che me stessa», dice lei accoccolandosi sul materasso.

«Ci vuole ben altro per mettermi in imbarazzo», replico tirandole su il lenzuolo. «Acqua, snack, fazzoletti...? Dimmi cosa ti serve e te lo do».

«Un abbraccio».

«Kelly...», l'ammonisco.

«Da sorella», ribatte. «Non voglio provarci, giuro! È che mi sento un po' strapazzata e vorrei un po' di contatto umano affettuoso, dopo le manacce di quei tre trogloditi».

È un abbraccio, di che stiamo parlando?! E mi sembra sincera, non le leggo un tentativo di sotterfugio in faccia, così accetto.

Mi levo le scarpe e m'infilo nel letto. Kelly voltata sul fianco e io dietro di lei, la cingo con un braccio.

E così restiamo: nessuno sfioramento inopportuno, nessun tentativo di approccio intimo, niente flirt o doppi sensi.

Mi racconta dell'accademia di danza, di una ballerina che le dà del filo da torcere perché c'è in ballo il ruolo di Odette e sta facendo di tutto per soffiarglielo, giocandole ogni sorta di tiro; di un coreografo molto bravo ma molto severo che la fa provare fino a notte fonda; di uno stage estivo all'Opéra Garnier che spera di meritare...

Kelly ha una voce sottile e morbida, sembra una ninna-nanna, ogni tanto infila dentro qualche termine francese come *plié*, *rond de jambe*, *allongé*, che rende tutto più musicale e nel giro di poco mi assopisco.

Infatti, quando mi sveglio, non capisco perché non sono sotto le coperte ma, bensì, piantato con le spalle contro la parete. Knight mi tiene per la maglietta e mi sta urlando addosso.

Nella nebbia del sonno vedo che è giorno, Kelly è seduta sul bordo del letto sorpresa quanto me, e Knight mi guarda furibondo.

«Brutta testa di cazzo, cosa ti salta in mente di farti mia sorella? Puoi scoparti tutto il campus e ti ritrovo a letto con lei!».

«Posso spiegare», mugugno con la voce impastata. «Magari mettimi giù».

«Cosa vuoi spiegare?! Come se non ti conoscessi, pezzo di maiale arrapato».

Kelly salta giù dal letto e tira suo fratello per la manica del suo prezioso maglione. «Knight, smettila, sei impazzito? Io e Blake non abbiamo fatto nulla e, anche se fosse, non sarebbero fatti tuoi».

«Ah, scusa, vi ho interrotto, forse?», le domanda astioso, sempre tenendo me piantato al muro. Io e Knight siamo alti uguali, ma lui va in palestra ogni giorno cascasse il mondo e la differenza di massa muscolare gioca a suo favore. «Scusate tanto».

«L'unica cosa che hai interrotto è il nostro sonno»,

ribatto. «Se non sei cieco hai visto che dormivamo. Vestiti», puntualizzo.

«Come se tu non fossi capace di scoparti una completamente vestita», replica Knight.

Kelly gli tira un manrovescio sulla nuca. «Ehi, io non sono "una". Non lo sono per te e non lo sono per Blake, quindi occhio a come parli».

«Vuoi farmi credere che vi siete addormentati insieme, abbracciati come due orsetti del cuore? Sono nato ieri secondo voi?»

«Vuoi delle prove? Eccoti le prove», dichiaro. «Senza preservativo io non faccio nulla, quindi, se fosse come dici tu e io e Kelly avessimo fatto sesso, da qualche parte dovrebbe essercene uno usato, o l'incarto strappato».

«Potresti averlo buttato in corridoio».

Sbuffo, alzando gli occhi al cielo. «Sì, Knight, dopo un orgasmo, occultare il preservativo è la mia priorità… Non ho mica sedici anni».

Knight finalmente molla la presa e si studia intorno con aria sospettosa. Guarda il comodino accanto al letto, il mio cestino, il suo, infine il bagno.

«Mhmm», grugnisce perplesso. «E che cazzo facevate nel letto insieme, allora?»

«Dormivamo!», esclamiamo io e Kelly, all'unisono.

«Sì, ma perché nello stesso letto? Il tuo, Blake, ti fa schifo?»

«Alla festa ho bevuto», dice Kelly. «Più del dovuto e sono stata male. Blake mi ha assistita».

«E dei deficienti della DeltaPhi, di cui vorresti tanto essere membro, l'hanno chiusa in una stanza e volevano approfittarsi della sua sbronza per…», intervengo tradendo la promessa che le avevo fatto. «Mi spiace, Kelly, deve sapere con chi ha a che fare».

Knight ha la stessa espressione di chi ha preso una botta in testa. «Ti hanno fatto del male?»

«Blake è intervenuto in tempo», risponde Kelly. «Come vedi, te la stai prendendo con la persona sbagliata. Se proprio vuoi sbattere al muro qualcuno, devi cambiare indirizzo».

Knight sposta il suo sguardo da Kelly a me, da me a Kelly, per poi grattarsi la testa instupidito. «Mi sono comportato da idiota».

«Felice che tu lo riconosca. Certo che dopo una serata passata con la Frosty, mi stupisco che tu abbia ancora anche solo un neurone funzionante», commento con le braccia incrociate al petto.

«Andiamo», mi esorta lui afferrando la maniglia della porta.

«Dove?», gli chiedo, disorientato dal suo improvviso ravvedimento e dalla sua risolutezza.

«A dare una bella sveglia ai DeltaPhi».

∾

«E questa è la storia di come le ho quasi prese da uno dei miei migliori amici per un fraintendimento», concludo.

«Che ne è stato dei DeltaPhi?», mi domanda il dottore.

«Io e Knight abbiamo esposto i fatti al rettore ma, purtroppo, il pool di avvocati delle loro famiglie è riuscito a scagionare i tre bastardi dalle accuse di molestia, dato che la molestia non c'è stata. Cioè, capisce, per portarli in tribunale avrei dovuto lasciare che abusassero di Kelly e, solo dopo, intervenire», schiaccio la sigaretta nel posacenere che il dottore mi mette generosamente a disposizione. «Che mondo malato».

«Le sorelle sono off-limits, capito».

«Se con una persona c'è un rapporto di stima e rispetto reciproco, un triangolo rischia di compromettere entrambe le relazioni, perché s'instaurano due linee di lealtà diverse che, per forza di cose, tagliano fuori qualcuno», spiego. «Per questo le dico che, se mi presentasse sua figlia, potrebbe dormire sonni tranquilli».

«Oh, ma io dormirò sonni tranquilli per un bel pezzo anche se non te la presento», chioccia lui.

«Proprio non si fida, eh, dottore?»

«Mi fido più del fatto che domani partirà per un master di specializzazione di un anno a Zurigo», mi dice mentre esco.

«Sì, ma dottore», rilancio io prima di chiudermi la porta alle spalle. «Guardi che i miei romanzi sono tradotti anche in Svizzera».

# LA MIA PRIMA PRIMA MOGLIE

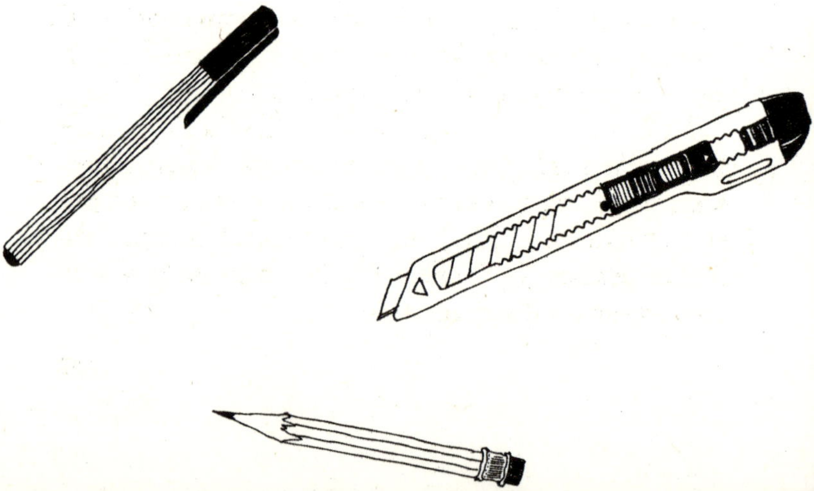

*Flavor of the Weak – American Hi-Fi*

Oggi sono in ritardo di solo cinque minuti ma spero che il dottore non ci faccia caso dato che gli ho portato il caffè.

«Zucky», legge il suo nome scritto a pennarello sul bicchiere.

«Non so come le piace, così l'ho preso come piace a me», dico.

«Molto altruistico».

«Era per distrarla dal mio ritardo».

«Fingerò che tu abbia trovato coda alla caffetteria. Oggi è il mio anniversario di matrimonio, sarò magnanimo con te».

«Quanti anni insieme festeggiate lei e sua moglie?»

«Trentasei», annuncia soddisfatto.

Mi lascio sfuggire un fischio di ammirazione. «E mai una volta avete preso in considerazione il divorzio? Trentasei anni di rose e fiori?».

Il dottore si alza, fa il giro della scrivania e prende la foto della moglie da una delle mensole. «Rose e fiori sempre no, siamo esseri umani, ma ci siamo sempre ricordati dei momenti belli durante quelli brutti, e abbiamo pensato a ciò che avevamo costruito prima di considerare di distruggerlo».

«Forse perché avevate costruito», osservo in tono ovvio.
«Tu non volevi costruire con tua moglie?»
«Mogli», preciso. «Sasha è stata la seconda».
«E la prima?»
«Un errore di gioventù».
«Hai trentadue anni, quale gioventù?»
«Ultimo anno di università. Ho conosciuto Carolina mentre stava manifestando per i diritti delle studentesse, perché potessero saltare i test qualora il giorno previsto avessero avuto il ciclo e ripeterli in data successiva. Si era legata a un albero davanti alla presidenza».
«Una pasionaria. Ti ha colpito il suo carattere forte?»
«Il seno, se devo essere onesto. Stava manifestando in topless e – a costo di suonare sessista – ammetto che il primo suo pregio che mi è saltato agli occhi non è stata la determinazione».
«Immagino».
«Avevo ventidue anni. A ventidue anni si può avere il diritto di essere un po' coglioni, no?». E lo sono stato anche dopo, se è per questo. «E Carolina, Carrie, mi è rimasta impressa».
«Per averla sposata, però, avrà avuto altri pregi oltre al pregevole décolleté, no?»
«Non piaceva a mia madre», aggiungo.
«Questo sì che è un motivo solido», constata lui.
Finito il mio caffè, mi accendo la Marlboro. «Al tempo mi sembrava di sì. Carrie non corrispondeva affatto al profilo di donna che lei avrebbe voluto accanto ai suoi figli».
«Eppure, a quanto mi dicevi, tua madre è sempre

stata favorevole all'impegno nel campo sociale e dei diritti».

«Sì, l'impegno sussurrato davanti a un bicchiere di Bordeaux nei salotti buoni, non urlato per strada con il megafono. La prima volta che si sono incontrate a un evento di beneficenza da lei organizzato, durante le vacanze di primavera, Carrie aveva metà testa rasata a zero, l'altra metà lunga invece tinta di blu, un piercing al sopracciglio, uno al naso, uno al labbro e gli altri in posti che mia madre non avrebbe visto. In più, Carrie si è messa quasi a litigare con altri ospiti, declamando ad alta voce le sue posizioni socialiste radicali, altra cosa che ha fatto inorridire mia madre. Più Carrie perdeva punti per lei, più ne guadagnava per me. In più, Carrie non brillava per risultati accademici, a differenza mia che – contro ogni pronostico – stavo portando avanti due specializzazioni: una in culture del mondo antico e una in storia dell'arte».

«Perdonami, Blake, ma sono smarrito. A parte questi attriti con tua madre, cosa ti piaceva di Carrie? Intendo come persona».

«Era completamente pazza. Proprio fuori di testa e allora mi sembrava esattamente ciò che volevo essere io. Se voleva partire per un viaggio, partiva; se non voleva alzarsi, dormiva; se le veniva voglia di pad thai alle tre di notte, usciva e se lo andava a prendere. Con lei mi ritrovavo a stare sveglio anche tre giorni di fila, oppure a non vedere mai la luce del sole per altri quattro. Mi ispirava libertà e sono voluto entrare nel suo vortice».

«Strano per uno che ha sempre tenuto a sottolineare l'importanza della propria individualità».

«A volte si prendono abbagli, quello è stato il mio.

Lei non si è neanche presentata alla laurea, quella mattina è partita in autostop per andare a un festival in Vermont ed è tornata due giorni dopo. E lì le ho chiesto di sposarci».

«Cosa ti ha spinto a una tale decisione?»

«Carrie era come il vento, inafferrabile, e mi sembrava l'unico modo per afferrarla. Tornassi indietro e mi rivedessi, mi metterei un braccio sulle spalle e mi direi: "Lascia perdere, non è cosa tua"».

«Ci credevi al "per sempre"?»

«Non pensavamo a dopodomani, figurarsi al per sempre. Però lei ha detto sì e dopo il rito civile in municipio ci siamo ritrovati marito e moglie. Ovviamente per mia madre sono diventato un paria e credo che, forse, stessi cercando un modo per affrancarmi definitivamente da lei, solo che al momento non me ne rendevo conto».

«Ma lo sai adesso».

«Meglio tardi che mai, no?». Inspiro una boccata forte che da sola accorcia di metà la sigaretta, rivedendo veloce il flash dei due anni di matrimonio con Carrie. «Matrimonio...».

∾

Ci trasferiamo in una fabbrica di conserve abbandonata a Williamsburg, quando Williamsburg non è ancora "figa". Lo stabile è occupato da un collettivo di artisti che Carrie ha conosciuto al famoso festival in Vermont.

Gente creativa, simpatica, tranquilla, anche se molti mi sembrano perennemente sotto allucinogeni. Siamo una trentina, ma tenere il conto è difficile dato che c'è sempre qualcuno in partenza e qualche nuovo arrivato.

Si sta insieme, ci si arrangia, ci si dà una mano: alcuni sono eredi riottosi di famiglie benestanti che hanno bisogno di "stare in mezzo a persone vere", altri invece dei veri e propri spiantati.

Dopo tre mesi, comincia a mancarmi la mia intimità. A Carrie, invece, stare in mezzo al mucchio piace e forse per lei ha acquisito un significato anche più "fisico".

Quando decido di esporle i miei dubbi – io lavoro, mi faccio il culo per dare un senso alla nostra vita di coppia e perché dentro di me vagheggio l'idea di trovarci un posto solo nostro – lei non la vede come me.

«Anche se sto con qualcun altro, io sto con te», afferma.

«Non mi è chiaro».

«E se tu vuoi, puoi fare lo stesso. Heidi sarebbe d'accordo», ribatte accennando alla ragazza che, dall'altra parte della "sala comune", mi fa l'occhiolino.

Heidi è sempre molto amichevole con me, nel senso che me la ritrovo addosso sempre più di quanto vorrei e ora mi è abbastanza evidente il motivo.

«Ma non pensi che forse potremmo provare a, non so, stare più per conto nostro?», propongo.

«Non ti piace qui?»

«Qui siamo tanti», le faccio notare. «Troppi».

«Ma è proprio questo il bello, no?»

«Sì, ma ci sono momenti in cui mi piacerebbe farmi i fatti miei. O farci i fatti nostri...».

Sto lentamente impazzendo, mi serve un rifugio e quel rifugio è la scrittura. Ho iniziato una storia sul finire dell'università, non sapevo bene cosa fosse ma c'era questo ladro – Nick Montecristo – che mi aveva chiesto di seguire la sua caccia al tesoro in Europa, mentre dipanava il mistero dell'identità di Shakespeare. Lo avevo abbandonato, come tante altre cose, finché il bisogno di lasciare, almeno mentalmente, la comune è stato così forte che sono tornato da lui.

Non ho un computer, scrivo su quelli di una biblioteca di quartiere in cui vado a rintanarmi anche per fuggire dalla mia coscienza che mi sussurra: "A questo giro hai fatto proprio una bella cazzata, Blake".

Insisto con Carrie per trasferirci in un posto nostro e le ripeto che avere una casa non significa essere meno parte "del movimento". In qualche modo si convince.

Con i miei lavori di parcheggiatore di giorno e barista di notte e il suo – raccoglie fondi, dice – riusciamo a trovare una stanzetta di quindici metri quadrati e bagno in condivisione con tutto il piano, a pochi passi dalla comune, dove comunque lei passa il novanta percento del tempo.

Sarà il nuovo arrivato, Irvine, che trova così interessante?

La risposta che mi do è una mezza bugia e lo so.

Alla fine, faccio pace col fatto che siamo una coppia aperta e non mi sento neanche tanto in colpa quando Zoe, la mia collega al pub, mi fa capire che non le sono del tutto indifferente.

Succede che un cliente, durante il turno, le palpeggia il culo. Il nostro pub non è proprio un locale dalla clientela raffinata, ma è un comportamento che non gli lascio passare.

Ho ventitré anni, sono insoddisfatto e arrabbiato per non so neanche io bene cosa, quindi gli metto le mani addosso e finisce a botte.

Per fortuna è mezzo sbronzo e più che darmele le

prende. Io me la cavo con il labbro superiore spaccato, lui lo caricano senza sensi su un taxi.

Zoe mi medica con tutta la dolcezza del mondo e io le do la buona notizia: il porco nella colluttazione ha perso il portafogli.

«Niente male come mancia per la serata», dico sfilando una mazzetta di banconote. Saranno mille dollari e c'è anche una carta di credito. «Ce la meritiamo».

Anziché mettere da parte la mia metà con cauto ottimismo, il giorno dopo festeggio insieme a Zoe.

La porto per negozi, facciamo shopping e andiamo a pranzo in un ristorante di classe, dove beviamo champagne e diamo una mancia esagerata al cameriere che ci guarda sbigottito balbettando: «Si... sicuri?».

Sicurissimi.

Noleggio una Ferrari e facciamo su e giù per tutta Manhattan.

Mi piace. Voglio una vita comoda, cazzo, levarmi gli sfizi, godermi tutti i piaceri che questo mondo può offrire senza chiedere scusa o permesso e non voglio sentirmi in colpa.

Brillo e sovreccitato dalla giornata, mentre io e Zoe guardiamo il tramonto da sotto al ponte di Brooklyn, appoggiati alla fiancata dell'auto, cedo e – sticazzi il matrimonio – la bacio.

Prendiamo una suite in un hotel a cinque stelle, dove io e Zoe passiamo la notte: facciamo sesso in ogni modo possibile, tanto con Carrie anche quello sta evaporando dalla nostra vita di coppia.

Ora so cosa voglio, ma non so ancora come ottenerlo.

Forse dall'alto qualcuno lo capisce per me perché la giornata successiva parte male, ma si riscatta in corner. Arrivo in ritardo al lavoro, mi addormento in una delle auto che ho parcheggiato e mi licenziano per negligenza; perdo il manoscritto di Nick Montecristo e Zoe mi informa che ha deciso di andarsene a Los Angeles per tentare la carriera di attrice. Alla fine, però, arriva Sasha e diventa la mia agente.

Partiamo col piede sbagliato, sembra una stronza ricca con la puzza sotto il naso, ma dice che farà pubblicare il mio romanzo se m'impegno a finirlo.

All'inizio non la prendo sul serio ma nel giro di qualche mese si presenta da me con una proposta di contratto e un'offerta di anticipo. Un editore, uno dei più grossi del Paese, vuole Nick Montecristo e mi dà ventimila dollari se firmo.

Vedo la luce e mi rendo conto di essere stato dentro al tunnel, ma ora ho la soluzione per uscirne.

Può essere un buon punto di ripartenza anche per me e Carrie, a cui non ho detto di Zoe perché voglio riprovarci.

Carrie è contentissima della notizia e comincia a fantasticare sul prenderci un camper e usare i soldi per vivere on the road.

La convinco a posticipare i piani finché il romanzo non sarà pubblicato e – si spera – avrà venduto qualche copia.

Quando esce *Shakespeare's Enigma*, io e Carrie siamo sposati da tre anni. A voler arrotondare per eccesso, i giorni trascorsi insieme saranno sì e no la metà, dato che ogni tanto lei prende e se ne va. Dove? Non lo so. Con chi? Nemmeno. Lei non dice, io non chiedo.

Io sto bene quando lei non c'è, anzi, sto pure meglio, ma cerco di ignorare l'evidente segnale dando la colpa allo stress da scadenza: in fondo, se sono da solo mi concentro meglio, no?

Quando il romanzo entra nella classifica del «New York Times», sono incredulo; quando arriva alla numero uno, sbalordito; quando ci resta due settimane consecutive, poi tre, poi quattro, non credo ai miei occhi; quando i diritti di traduzione vengono venduti in venti Paesi sono al settimo cielo; quando spengo ventisei candeline sono "Blake Avery, lo scrittore bestseller internazionale".

Traslochiamo in un appartamento più grande, più bello, a Manhattan, ma Carrie non sembra contenta; comincio a coinvolgerla nei miei viaggi, ma si mostra insofferente ai tempi e ai modi richiesti dai miei impegni editoriali e presto dà forfait.

Arriviamo al capolinea la sera della festa prenatalizia della casa editrice, durante la quale si festeggerà il mio romanzo, incoronato il più venduto dell'anno.

«Non sei ancora pronta?», le domando quando la trovo sdraiata sul letto con uno spinello in una mano e una birra nell'altra. «L'auto sarà qui a momenti».

«Per andare dove?», mugugna.

«La cena con l'editore. È stasera, non ricordi?»

«Ah, quella. Io non vengo».

Prevedibile ma non per questo accettabile. «Come, non vieni? È praticamente una serata in mio onore», le ricordo. Non ci siamo mai spartiti ruoli, ma vorrei vederla un minimo orgogliosa del successo di suo marito.

«Senti, Blake, lo sai che queste cose non fanno per me. Non obbligarmi a mettere un vestito che non mi piace, a venire a una cena in mezzo a gente che non conosco e a cui non ho nulla da dire».

«Neanche se è importante per me?», domando già sapendo che è un'argomentazione priva di validità.

«Non mi frega niente di queste cerimonie pompose del cazzo».

«Non te ne frega niente? Strano!», sbotto. È da troppo che mi tengo dentro queste sensazioni e ora mi escono tutte insieme. «A questo punto mi chiedo se c'è davvero qualcosa di cui ti importi. Di noi ti importa? C'è un noi, almeno?»

«Certo che c'era, almeno finché non mi hai obbligata a chiudermi in questa cazzo di gabbia», ribatte lei saltando giù dal letto.

«In questa cazzo di gabbia abbiamo un bagno, Carrie! Abbiamo una porta che si chiude a chiave e da cui non entra gente all'improvviso... non mi sembra così terribile».

«Io stavo bene alla comune», insiste.

«Io no. Ci ho provato, Carrie, cazzo se ci ho provato a adeguarmi per farti felice ma non lo ero io. L'unico pregio che ha avuto la vita alla comune è stato farmi capire cosa volessi davvero e ora che ce la sto facendo, non intendo tornare indietro».

«E cosa stai facendo a parte rendere ancora più ricchi degli stronzi già ricchi?».

Si riferisce alla casa editrice e Sasha.

«Sto facendo della mia passione il mio lavoro, mi sta riuscendo bene e posso cominciare a pensare anche al domani, non solo a vivere l'oggi per l'oggi».

«Non credevo saresti diventato quel tipo di persona», replica lei, incrociando le braccia al petto con fare sprezzante.

«Quale? Una che pensa al futuro di entrambi? Scusa, cazzo, se sto cercando di costruire una bella vita per tutti e due. Io almeno ci sto provando, tu quando mai lo hai fatto?»

«Guarda che io non te l'ho mai chiesto».

«Non pensavo servisse chiederlo dato che siamo sposati». Alzo la mano sinistra davanti al suo viso indicandole la fede. Con i soldi dell'anticipo ho comprato due fascette di platino per sostituire quelle di latta che avevamo. «O non ti importa neanche di questo?»

«Vuoi metterti a fare un elenco di cosa importa a chi? La stai trasformando in una gara? Vuoi sentirti dire che sei bravo? Bravo, Blake, sei un marito modello. Contento?», ringhia rabbiosa.

«No che non sono contento e non sono neanche un marito modello. Ho scopato con Zoe», dico di punto in bianco. «Due anni fa».

L'informazione la travolge lasciandola senza parole. Carrie mi fissa attonita: lei sarà pure stata libera di esplorare il nostro matrimonio aperto ma ormai era rassicurata dal fatto che l'esperienza a me non interessasse.

«Ci abbiamo dato dentro una notte intera, Carrie, e sai cosa ho capito? Che se devo essere libero di scopare in giro, voglio esserlo davvero, in tutti i sensi». Mi sfilo la fede dal dito e la lancio sul letto. «Avrò tanti difetti, ma non sono un ipocrita: non mi piace fingere».

«Mi stai lasciando?»

«È da un pezzo che non stiamo più insieme. Ormai siamo due coinquilini e basta. Tu fai la tua vita – e io non ho la più pallida idea di cosa significhi dato che non mi racconti mai niente, sparisci per giorni, torni quando ti pare – e io la mia. Provo a coinvolgerti per farti sentire parte del progetto…».

«Che progetto? Di te che diventi famoso? Non sopporto le chiamate dei giornalisti, né i fotografi che vengono a farti gli shooting un giorno sì e l'altro pure, non reggo le cerimonie e le presentazioni mi annoiano da morire. Se questo è il progetto, no grazie».

«Bene, non mi serve sapere altro. Stasera dormo all'hotel del ricevimento, tu resta qui o tornatene alla comune, ma fatti trovare per firmare il divorzio».

«Non preoccuparti, non vedo l'ora».

∾

«...E così è finito il mio primo matrimonio e forse quella che è stata la mia storia più importante fino a quel momento», concludo.

«Complimenti, ancora una volta sei riuscito a convincermi della tua buona fede», ribatte il dottore scarabocchiando sul blocco.

«Ho preso un abbaglio. Mi sono fatto sedurre da un insieme di suggestioni e dalla personalità straripante di Carrie che, combinati al fastidio di mia madre nei suoi confronti, hanno innescato la mia personale miccia».

«E quando hai sbattuto la faccia contro l'evidenza di aver preso una decisione sbagliata, hai perseverato in quella direzione perché non volevi ammettere a te stesso di aver commesso un errore».

«Già», concordo. «Meglio liberi entrambi, ciascuno per i fatti propri».

«Sei rimasto in contatto con Carrie?», mi chiede.

«No. L'ultima volta che ho avuto sue notizie è stato quando mi sono arrivati i suoi documenti di divorzio controfirmati. Li ha spediti dal Kentucky dove, se non ho capito male, si è unita a una comune di agricoltori di cereali biologici o cose del genere».

L'interfono annuncia l'arrivo del paziente successivo e ci accorgiamo di aver sforato il tempo del nostro incontro, così mi alzo per lasciare lo studio.

Strano a dirsi, ma dopotutto questi incontri con Zucky non mi pesano.

«Comunque se ti sei risposato, vuol dire che hai ancora fiducia in un rapporto di coppia a lungo termine», ipotizza lui, accompagnandomi all'uscita.

«Ho anche ri-divorziato», gli ricordo. «E la seconda volta è durata pure meno della prima».

«Sai, come dicono: non c'è due senza tre».

«No, dottore, mi creda. Con i matrimoni ho chiuso».

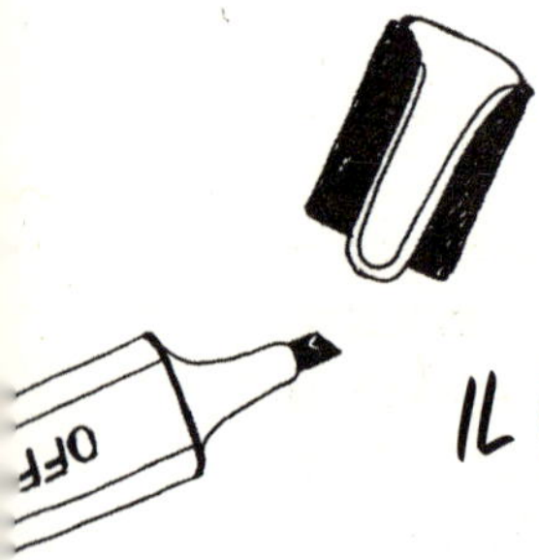

# IL MIO PRIMO INGRESSO NEL MILE HIGH CLUB

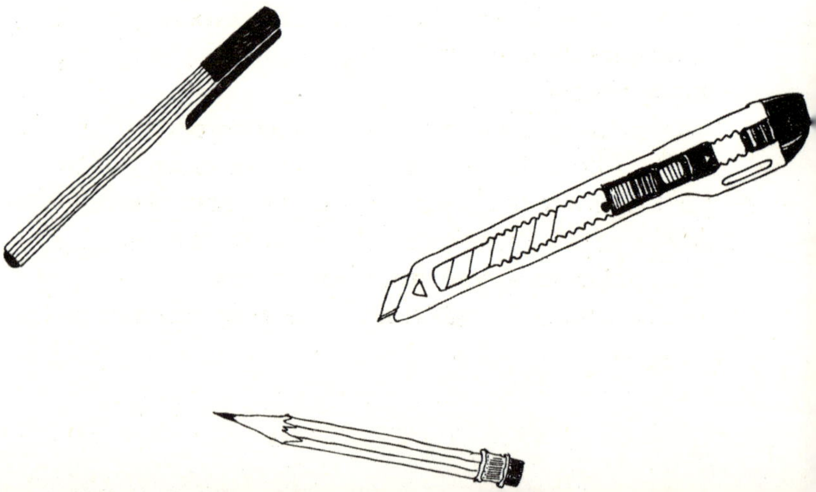

*I Believe in Love Again – Lenny Kravitz, Peggy Gou*

«Grazie per aver anticipato la seduta», dico al dottore porgendogli il nostro caffè di rito.

«Potevamo spostare giorno, se ti veniva più comodo».

«Non avrei saputo quando, avrei dovuto consultare la mia agenda, ma non ne ho una», replico. «Ho un aereo da prendere più tardi e con la seduta al nostro solito orario rischio di arrivare a imbarco chiuso».

«Ma come? Non sei un VIP da aereo privato?», mi schernisce lui.

«Magari, ma no. E poi la trasferta è a carico dell'editore, è lui che decide».

«Mi stai dicendo che c'è l'opportunità di ritrovarsi seduti accanto a Blake Avery in turistica?»

«Adesso non esageriamo. Il mio contratto prevede la business. Occasionalmente, per i voli a lungo raggio, la prima».

«Sciocco da parte mia pensare il contrario».

«Però ho volato in turistica per un sacco di tempo. L'upgrade me lo sono guadagnato solo di recente. Anche se devo ammettere che la turistica mi ha regalato comunque dei ricordi niente male».

«Beato te, io detesto volare e nessuna delle mie memorie di viaggi include voli piacevoli», borbotta lui. «Sono contento di non dover viaggiare quanto te».

«Paura dell'aereo?»

«No, mi danno fastidio il rumore di sottofondo dei motori, l'aria condizionata polare o il riscaldamento sahariano, le orecchie che si tappano, naso e gola che si seccano per la pressurizzazione... Una tortura».

«Sa, a volte la giusta compagnia può fare la differenza e far passare questi dettagli in secondo piano».

«La compagnia aerea?»

«No, la compagnia umana», specifico.

«Dev'essere una compagnia davvero straordinaria».

«Mi è venuto in mente un aneddoto risalente a diversi anni fa, mentre tornavo da Londra», comincio, sfilando la Marlboro dal pacchetto. «Non ero ancora "famoso", se così vogliamo dire, perciò mi mimetizzavo molto bene».

«Aneddoto romantico?»

«In effetti, sono state otto ore abbastanza romantiche», commento. «Non mi sono mai spiegato cos'abbiano gli aeroporti per cui le persone che vi s'incontrano – persone che magari nella vita di tutti i giorni non degneremmo di un secondo sguardo – sembrino più attraenti. Saranno le poltrone di plastica o il cibo orrendo e assurdamente costoso dei punti ristoro. O forse il senso di attesa».

«Che intendi?»

«È una sensazione strana, però in aeroporto capita di incrociare lo sguardo di autentici sconosciuti e sentire una sintonia spontanea improvvisa. Da quel momento, per tutta la durata dell'attesa o del volo, ci si ritrova a "pensare" a loro come se effettivamente facessero parte della tua vita».

«Ho capito», annuisce. «Parli della ATH».

«Che sta per?»

«Airport Terminal Hotness. È una suggestione mentale derivata dalla noia e dalla necessità di ingannare l'attesa quando costretti in uno spazio rarefatto e artefatto come, appunto, un aeroporto».

«Quindi la cosa di cui parlo io ha un nome?», chiedo stupito.

«È una situazione in cui tendiamo a osservare molto e il nostro cervello è allenato a cercare individui simili a noi, a partire dal gruppo anagrafico. In più, è una situazione densa di incognite: chi abbiamo davanti dove è diretto? C'è qualcuno che lo aspetta? Per che motivi viaggia? Aggiungi poi che volare genera degli effetti sul corpo molto simili a quelli che si provano durante un colpo di fulmine – battito accelerato, sensi ovattati, mani che sudano – e al cervello arrivano informazioni che lui interpreta in maniera arbitraria, quindi sì, capita di infatuarsi di qualcuno per il breve tempo di un viaggio aereo. È una condizione comune anche a molti assistenti di volo».

«Non era un'assistente di volo. Era una passeggera. Ci siamo incontrati proprio davanti all'ingresso partenze di Heathrow. Io ero lì a fumarmi l'ultima sigaretta prima di entrare in aeroporto, lei era scesa da un taxi e si stava trascinando dietro un trolley con enorme fatica...».

∾

«Ti serve una mano?», chiedo alla ragazza, vedendola arrancare con la valigia dall'aria pesante e che va per i fatti suoi.

«Vorrei dirti di no ma mi faresti un favore enorme», sbuffa lei sistemandosi la borsa che le pende dalla spalla, con un cappotto agganciato alla tracolla. «Mi si è rotta una delle ruotine e ora trascinarla è impossibile, da quanto pesa».

In un tiro finisco la sigaretta e la schiaccio nel posacenere. «Ci penso io. Dove te la porto?»

«Volo per New York della Delta», risponde sventolando il biglietto. «Devo andare a Chicago ma non ho trovato un diretto e faccio scalo lì».

«Quello delle cinque?», chiedo.

«Sì».

«È lo stesso che prendo io». Non me lo ha chiesto e non credo le interessi ma lo dico comunque. «Check-in banco dodici», aggiungo indicando il tabellone luminoso.

«Oh, be', in questo caso piacere», dice e mi porge la mano destra. «Mi chiamo Sara. Senza H».

«Blake», mi presento a mia volta e gliela stringo.

E succede.

Non so cosa, ma qualcosa cambia.

Sara potrebbe essere davvero una ragazza qualunque, una che per la strada neanche noterei, ma al momento ha la mia attenzione e in un secondo fotografo tutti i particolari del suo viso: i capelli castano chiaro, lunghi appena sotto le spalle e ondulati come se li avesse tenuti a lungo in una treccia, sbiadiscono in un biondo cenere verso le punte; sia dall'orecchio sinistro che da quello destro le pendono orecchini spaiati; ha gli occhi chiari, ma sotto il neon dell'aeroporto non so dire se siano più azzurri o verdi, e ha una piccola cicatrice sul sopracciglio destro; ha anche una bocca molto bella, piccola e carnosa che quando sorride mostra una fessura tra gli incisivi che le conferisce un'aria allegra e impacciata.

La accompagno al desk per imbarcare la valigia, che sfiora il peso limite ammesso.

«Stai traslocando?», le chiedo.

«Quasi», risponde fornendo i suoi documenti. «Resterò a Chicago sei mesi per uno stage in un'agenzia pubblicitaria».

Sara è di Crawley, nel West Surrey, ha venticinque anni – un paio in meno di me – e ha studiato per diventare copywriter.

Io sto molto vago. «Lavoro in editoria», dico. Non mi sono ancora abituato a presentarmi come uno scrittore, benché i numeri delle mie vendite sostengano il contrario. Io e Carrie abbiamo divorziato da poco, non sono nell'ottica di nuove relazioni, tuttavia con Sara mi sento molto simile a un fidanzato, nel tempo che trascorriamo in attesa del volo.

Attesa che dura più del previsto perché ci annunciano un ritardo di quasi due ore.

Lei tiene d'occhio il numero del gate, che ci viene cambiato la bellezza di tre volte, cerca un tavolo libero al bar mentre io faccio la fila per i caffè; io le do una mano a disporre le sue cose nelle vasche del metal detector al controllo sicurezza, lei ha la prontezza di recuperare il mio portafogli che è rimasto sul nastro, e io custodisco la sua borsa mentre va alla toilette.

Come siamo finiti così? Non ne ho idea, è tutto così stranamente naturale.

E la cosa più assurda è che il nostro sembra quasi un appuntamento. Ci stiamo conoscendo, ci stiamo divertendo e ci stiamo anche piacendo.

Al duty-free io e Sara passiamo mezz'ora a decidere se prendere degli snack salati o dolci come se ne valesse della nostra vita. Nachos piccanti o Toblerone?

Arachidi tostate o marshmallows? Orsetti gommosi o rotelle di liquerizia?

Alla fine, prendiamo tutto. Dobbiamo affrontare un volo di otto ore, no?

Attraversiamo anche il reparto libreria, dove, sullo scaffale dedicato alla classifica dei più venduti, alla numero uno è esposto il mio *Shakespeare's Enigma*, ma lei non ci fa caso. Ora, vero che non le ho detto di cosa mi occupo con esattezza, non ho rivelato il mio cognome, però la mia vanità reclama appagamento, anche piccolo.

«Non c'è nulla che t'interessa leggere?», domando, pentendomi subito dopo. Credo che potrei non sopportare la risposta: «non leggo». Sarebbe la fine dell'idillio.

«Sono a posto. La mia migliore amica mi ha regalato un libro», dice indicando la sua borsa.

Ok, l'idillio può continuare.

Raggiungiamo l'angolo beauty e Sara spruzza una nuvola di profumo in aria, annusandolo. «Che ne pensi?»

«Buono. Ma dipende per chi è». Per un uomo?

«Per me», risponde. «Porto lo stesso da tre anni, ho voglia di cambiare».

«Come mai questa decisione?»

«Piace troppo al mio ragazzo, o quel che è al momento».

«Quel che è?». Accidenti a me e alle mie domande. Plateale dimostrazione d'interesse: errore da principiante.

«Siamo in pausa», spiega prendendo un'altra boccetta e spruzzando la fragranza tra noi. «È anche per questo che ho accettato lo stage a Chicago, voglio capire se mi mancherà e quindi decidere cosa fare di questa pausa. Troppo floreale», decreta riappoggiando il flaconcino di vetro sulla mensola luminosa.

«E chi ha proposto la pausa?»

«È una soluzione a cui siamo arrivati entrambi, dopo un periodo un po' teso». Afferra una terza boccetta e ripete lo spruzzo. «Che ne pensi? Morbido o stucchevole?»

«Non è attendibile spruzzare il profumo in aria: il calore della pelle altera la fragranza». Le prendo il tester dalle mani, le scosto i capelli dal collo e glielo spruzzo appena dietro l'orecchio. «Meglio sentirlo qui».

Sara accenna un sorriso, reclina appena il capo, offrendomi accesso.

Mi abbasso su di lei, sfiorandola con la punta del naso, e inspiro.

«Mi piace». La mia voce è un sussurro roco che le solletica la pelle.

«Sono indecisa anche su questo», dice allungando la mano verso un flacone rosa, che si spruzza sull'altro lato del collo.

Stavolta non le dico nulla, è lei a invitarmi ad annusarla e io eseguo, ben felice di prestarmi alla prova olfattiva.

Davanti a noi c'è uno specchio e con la coda dell'occhio noto che Sara ha socchiuso le palpebre.

«Sono indeciso», mormoro sfiorandole il lobo con la bocca. «Devo sentire di nuovo l'altro».

Sara sta al gioco ed è chiaro che non stiamo più provando profumi.

Azzardo e le poso le mani sulle spalle nei punti in cui lo scollo della maglia le lascia la pelle scoperta. Lei si appoggia al mio petto, la testa abbandonata all'indietro.

Le mie labbra la accarezzano appena dietro l'orecchio e lei esala un sospiro.

«Posso aiutarvi?». L'intromissione di una commessa ci fa sussultare, ripristinando tra noi un'opportuna distanza.

«Stavamo solo dando un'occhiata», risponde Sara, in tono imbarazzato. Poi allunga la mano verso un espositore di burrocacao e ne afferra uno. «Prendo questo, in volo mi si screpolano sempre le labbra».

Vagamente infastiditi per la brusca interruzione di un qualcosa che neanche noi sapevamo dove stesse portando ma che ci piaceva molto, ci dirigiamo al gate, per l'imbarco.

Ci rendiamo conto che siamo seduti lontani quindi la nostra conoscenza finisce qui. Lei è in coda, io invece ho due posti nella fila dell'uscita di emergenza, dove posso stare più comodo.

L'altro era di Sasha che però si tratterrà a Londra un giorno in più.

Mi sono appena allacciato le cinture quando si avvicina un assistente di volo, accompagnato da una coppia sui cinquanta.

«Mi scusi, il signore si è appena operato al ginocchio, avrebbe necessità di tenere la gamba dritta», mi spiega l'assistente, «le chiediamo la cortesia di fare cambio posto, se per lei non è un eccessivo disturbo. La compagnia la ringrazierà della gentilezza riservandole un trattamento business».

L'uomo, che si appoggia alla stampella, sembra molto sollevato nel vedermi slacciare la cintura. Non sono stato cresciuto in una caverna: mi piace la comodità, ma so quando rinunciare per una giusta causa. «Prego», dico sfilandomi.

La coppia si sistema e l'assistente mi fa cenno di seguirlo. «Può accomodarsi in uno dei due sedili che hanno lasciato i signori, laggiù».

E quando arrivo a destinazione, non potrei essere più contento.

«Sara senza H», esordisco, distogliendo la sua attenzione dal libro che ha aperto in grembo. «Sembra che voleremo in compagnia».

«Blake?!», domanda stupita, ricambiando il mio sguardo.

«Mi hanno spostato. Posso?», chiedo indicando il sedile accanto a lei, che sta al finestrino.

«Certo!». Il suo tono mi suggerisce che, come me, è entusiasta del cambio estemporaneo.

«Ti metto la giacca nella cappelliera», mi offro, prima di accomodarmi.

«Grazie».

«Hai la mia cintura», le faccio notare mentre cerco la mia metà di fibbia da allacciare.

Ci scambiamo le estremità giuste ed ecco che le nostre mani si toccano, e quella strana sensazione di calore ci avvolge entrambi. Ci sorridiamo come due cretini, senza un vero perché.

Guardiamo un film e per tutto il tempo non posso ignorare i nostri corpi che continuano a sfiorarsi e scambiarsi calore: le ginocchia, le braccia, i gomiti, e diventa difficile capire quando si tratta di un tocco accidentale o voluto.

Più tardi ci servono la cena. A me, come promesso, portano il vassoio business, molto più ricco e studiato di quello di Sara, e condivido con lei volentieri le pietanze.

Mi portano anche un calice di bollicine, io ne chiedo due e io e lei brindiamo al nulla, mentre ci offriamo a vicenda i dolci del duty-free.

Champagne e marshmallow, la combinazione più sottovalutata della storia.

Le luci si abbassano per il volo notturno e Sara riprende il libro dalla borsa.

È senza sovraccoperta, senza scritte. Non resisto alla mia curiosità e le chiedo di cosa si tratta.

«*Shakespeare's Enigma*», dice mostrandomi il dorso. «Sono solo all'inizio ma devo dare ragione alla mia amica, la storia ti risucchia letteralmente».

Non sorridere, Blake. Non sorridere.

L'edizione inglese del mio romanzo è molto minimale: sul dorso, infatti, oltre al titolo c'è solo il mio cognome e sulla sovraccoperta – se non l'avesse tolta – non c'è la mia foto.

Fingo di guardare il secondo film, ma in realtà sbircio le sue reazioni durante la lettura, registrando ogni minima variazione delle sue espressioni facciali.

Mi piacciono tutte. La mia preferita è quando arriva al rendez-vous tra Nick Montecristo e la sua partner. Non ho scordato le lezioni di Vasquez nella sua saga sui Borgia e anche a me piace fare sbirciare il lettore tra le lenzuola dei protagonisti.

Sara s'irrigidisce sulla poltroncina, si morde le labbra, ha il respiro pesante e si agita come se avesse i brividi.

«Hai freddo?», le chiedo sperando di non suonare malizioso.

Lei sussulta e chiude il libro di scatto. «Ah, ehm... Ecco... Sì, un po'», incespica.

Fermo una delle assistenti di coda per una coperta e ce ne porta una che sembra una tenda. «Questa è abbastanza grande sia per lei che per la sua fidanzata», dice quella, allungandoci lo spesso drappo rosso.

Potremmo obiettare che no, non stiamo insieme, ma né io né Sara apriamo bocca.

L'assistente se ne va e io e lei ci guardiamo di nuovo: colpevoli di tutte le accuse.

«Hai sonno?», le domando.

«In effetti, per evitare il jet-lag dovrei dormire».

«Se vuoi, puoi appoggiarti alla mia spalla così da stare più comoda», propongo.

Sara alza il bracciolo che separa le nostre due poltrone, accostandosi a me, per poi reclinare il capo sulla mia spalla. «Ti do fastidio?»

«Non ti sento neanche». Bugia, la sento tantissimo e mi piace.

«Coperta, cuscino, mi manca solo il bacio della buonanotte», osserva lei in tono scherzoso.

Io mi volto verso di lei e le bacio la fronte con dolcezza. «Buonanotte», sussurro.

«Un altro», dice.

La bacio ancora, ma stavolta più giù, nella rientranza che il naso fa tra gli occhi.

«Un altro». Ora la voce di Sara è appena percettibile.

La bacio sulla punta del naso.

Poi lei alza il viso verso di me, le labbra schiuse. «Un altro».

Stavolta la mia bocca copre la sua. Sa del burrocacao al miele che ha preso prima.

Questo, però, non è un bacio della buonanotte, ma del buongiorno, del buon Natale e del buon Quattro luglio tutti insieme.

Volevamo baciarci da quando stavamo nella profumeria al duty-free e se la commessa non fosse venuta a interromperci non è escluso che lo avremmo fatto.

Stringo Sara e l'attiro a me per sollevarmela sulle ginocchia. Lo spazio extra della fila dell'uscita di emergenza ci avrebbe fatto comodo, ma non stiamo a formalizzarci.

Siamo percorsi da una carica elettrica fulminante e ce la stiamo scaricando tutta addosso, tra baci, lingua, mani nei capelli, morsi sul collo.

L'erezione mi preme nei jeans con prepotenza e lei guida la mia mano sotto la gonna, nei suoi slip, eccitata da brividi. Si sforza di trattenere un gemito mentre si preme contro le mie dita.

«Ti prego», mormora sulla mia bocca. I suoi occhi lucidi ora sembrano scurissimi, nella penombra dell'aereo, e m'indicano la porta del bagno che sta proprio alle nostre spalle.

«Arrivo», le dico indicandole di precedermi.

Recupero al volo un preservativo dal mio bagaglio e, quando apro la porta della toilette, ci tuffiamo uno addosso all'altra, travolti da un istinto animalesco primitivo.

Non ho mai fatto sesso in aereo, ma c'è una prima volta per tutto.

La sollevo contro il lavabo di metallo e lei mi cattura nello spazio tra le sue cosce, cingendomi la vita con le gambe.

«Non dobbiamo farci sentire», dico mentre entro dentro di lei, che mi pianta le unghie nelle braccia e si morde il labbro per resistere al gemito che le sale in gola.

Io invece la bacio per soffocare il mio.

Il suo bacino ondeggia avanti e indietro per seguire le

mie spinte, in una serie di movimenti convulsi e incalzanti. Potremmo trovarci nel pieno di una turbolenza e non ce ne accorgeremmo neanche per quanto stiamo andando via di testa.

«Ci sono quasi», sussurra avvinghiandosi a me con forza.

Con un altro affondo viene, e io la seguo subito dopo.

Incredibile quanto ne avessi bisogno. Me ne rendo conto solo ora.

Esco e l'aspetto. Se qualcuno si è accorto del nostro rendez-vous non ce lo fa notare. Riprendiamo posto nell'aereo addormentato, le passo il braccio intorno alle spalle e la stringo a me, e me la tengo addosso fino a New York, respirando quello strano mix inebriante di marshmallow, champagne e sesso. Poco prima che l'avviso del comandante per prepararsi all'atterraggio la svegli, faccio una cosa.

Il mio ego prende il sopravvento.

Raccolgo il mio libro dal sedile libero su cui lo abbiamo appoggiato, afferro la penna che fa capolino dalla borsa di Sara e glielo autografo. Presuntuoso da parte mia? Può darsi, ma non m'importa.

Forse un giorno si accorgerà che quel Blake Avery sono io, oppure no.

Atterriamo e l'accompagno ai transfer, fino al gate del suo volo verso Chicago.

«Allora, ciao», mi dice in tono tranquillo. «Mi è piaciuto volare con te».

«Anche a me è piaciuto volare con te», rispondo.

La magia che c'era nell'aria è sfumata e ce ne accorgiamo entrambi, perché non ci scambiamo i numeri – nessuno dei due lo propone – né pianifichiamo di rivederci.

Qualunque cosa ci legasse è rimasta sull'aereo. Va bene così.

«Grazie per tutto», mi saluta prima di accodarsi all'imbarco.

«Ehm… grazie a te», rispondo con una mezza risata.

Lei sospira e solleva le spalle. «Ho capito che dopotutto non mi serve una pausa di riflessione».

«Felice di essere stato di aiuto».

«È stato bello… Blake Avery», aggiunge, lasciandomi interdetto.

«Tu sai… chi sono?», chiedo stupito.

Lei indica un totem pubblicitario luminoso alle mie spalle. «C'è la tua faccia».

Già, qui siamo a New York e l'editore ha comprato spazi per me ovunque. «Beccato», mi costituisco. «Ti ho autografato il libro mentre dormivi».

«Sarà il nostro piccolo segreto». Sara mi fa l'occhiolino e oltrepassa il gate.

∾

«Non vi siete mai più rivisti?», mi domanda il dottore.

Scuoto la testa. «È stato bello per quello. Forse, a oggi, quella con Sara è stata la mia relazione migliore. Adesso che ci penso, tutte le relazioni dovrebbero essere così: durare solo per la parte migliore e finire prima che arrivi la parte peggiore».

«Ti piace vincere facile».

«Può darmi torto?».

Lascio la mia postazione, prendo la giacca di pelle e me la butto sulla spalla.

«In qualche modo le tue argomentazioni risultano sempre molto convincenti, Blake».

«Tra un'ora ho un volo per Phoenix, devo andare altrimenti farò aspettare la mia ragazza».

«Tu non hai una ragazza».

«Non ancora, ma qualcuna sta per diventarlo», ribatto con un sorriso malizioso.

«ATH».

«Anche io sono la “airport crush” di qualcuna, solo che ancora non so chi è».

# IL MIO PRIMO (E SPERO ULTIMO) SALVAGENTE

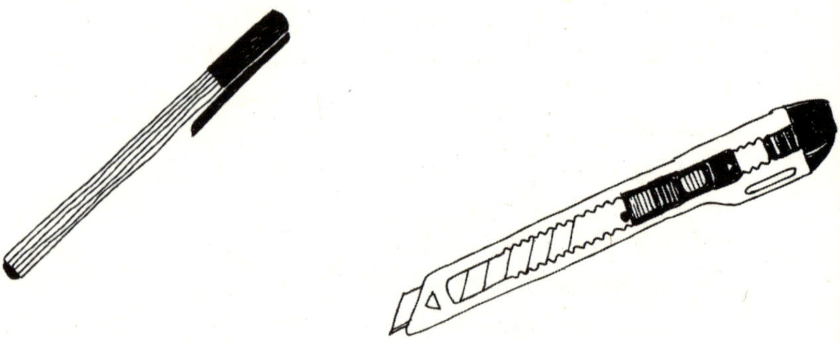

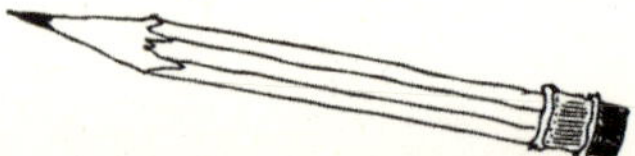

*Whenever, Wherever – Shakira*

Arrivo allo studio del dottor Zuckerman trafelato come al solito ma comunque con qualche minuto di anticipo.

La segretaria, quando mi vede, mi fissa interdetta. «È in anticipo».

«Mah, giusto di poco». Sono comunque contento che mi venga riconosciuta la mia precisione.

«Di un'ora, signor Avery».

«Sono le tre».

«No, sono le due».

Ah. In effetti ha ragione lei, l'orologio che ha alle spalle non mente. «È che sono rientrato stamattina da San Diego e sono ancora un po' sfasato».

«Al momento il dottore è fuori studio: ha avuto un'emergenza personale e rientrerà appena possibile. Purtroppo, non so se giungerà puntuale per il vostro appuntamento. Stavo per avvisarla. Vuole aspettarlo o annulliamo direttamente la seduta?».

Ormai sono qui. «Lo aspetto. Magari vado a fumarmi una sigaretta».

Non ci penso neanche ad annullare una seduta e allungare inutilmente questa agonia. Oggi sono deciso a spuntare un'altra ora di terapia dalla mia condanna e così sarà.

È una giornata di sole, una primavera che sa già di estate, nuvole sparse si muovono veloci nel cielo azzurro, così decido di salire sul tetto dell'edificio per riempirmi gli occhi e la testa di New York. È un'esigenza fisica che ho ogni volta che torno dalla West Coast.

Lo studio di Zucky si trova all'ottavo degli undici piani che compongono il palazzo degli anni '60, così raggiungo la terrazza sul tetto facendo le scale e, una volta uscito, mi accendo la Marlboro, mentre con lo sguardo abbraccio tutto il panorama che rientra nel mio campo visivo.

Potrei chiedere al dottore di spostare le nostre sedute quassù, mi sento molto più a mio agio e poi potrei fumare quanto voglio, senza limiti.

D'improvviso vengo colto di sorpresa dal rumore della porta metallica che sbatte, dietro di me, e appena qualche secondo dopo una figura scattante mi sorpassa di corsa fino a raggiungere il parapetto.

Dalla coda di cavallo riconosco la ragazza che ogni mercoledì incontra il dottore prima della mia seduta. A volte la incrocio in ascensore – lei esce, io entro –, o sul marciapiede davanti all'ingresso, una volta le ho ceduto il taxi con cui ero arrivato.

È appoggiata al parapetto con tutto il suo peso, piegata in avanti, con la faccia schiacciata tra le braccia, e dai sussulti ritmici della sua schiena deduco che stia piangendo.

Faccio un paio di passi in avanti e capto anche dei singhiozzi soffocati: sì, sta piangendo.

Non sono uno che ficca il naso negli affari altrui e penso che chiunque si rintani sulla terrazza di un edificio a piangere non voglia altro che spazio e solitudine, non uno sconosciuto che fa domande, quindi mi limito a finire la mia sigaretta per poi scendere.

Quando mi volto per riprendere la porta, però, noto con la coda dell'occhio che la ragazza si è risollevata e sta salendo sul parapetto di cemento scrostato, dove si siede con le gambe a penzoloni.

Vaffanculo il "non ficcare il naso". Io non so che intenzioni abbia, magari vuole solo starsene lì a contemplare il panorama raccolta nella sua tristezza, ma non mi sento tranquillo a lasciare una persona in condizioni di non sicurezza.

«Ehi», le dico dirigendomi verso di lei.

«Lasciami in pace», replica lei, in tono scocciato.

Le sono proprio alle spalle. L'istinto è di afferrarla e riportarla dalla parte sicura del parapetto, ma potrebbe essere un intervento troppo invadente.

«Posso sedermi con te?», le chiedo.

«Lontano», risponde.

«Però, posso?», domando ancora.

Stavolta non dice nulla. Tira su col naso e guarda giù, con il viso solcato da due righe nere di mascara sciolto. Annuisce, con il labbro inferiore stretto tra i denti.

«Alto, eh?», butto lì mentre un nugolo di piccioni svolazza sul cornicione di fronte e comincio a invidiare le loro ali.

«Neanche tanto», constata lei.

«A New York ci sono grattacieli più alti».

«Chissà se fa male?», chiede. Non so se la domanda sia rivolta a me, o al vento, o a sé stessa.

«Cosa dovrebbe fare male?»

«La caduta».

«La caduta non credo, l'impatto non lo so, ma non sono curioso di scoprirlo».

La ragazza sospira. «Non ho paura di morire, ho paura di sentire dolore».

«Algofobia?»

«Cos'è?»

«La paura di provare dolore fisico», spiego.

«Uso il rasoio perché non sopporto neanche lo strappo della ceretta». Potrebbe sembrare una battuta ma nel suo tono non vi è la minima traccia di ironia.

«Come mai sei venuta quassù?».

Lei sbuffa dal naso, sconsolata. «Quando sono salita credevo di saperlo, ora non lo so più».

«Brutta giornata?»

«L'ultima di molte».

«O una delle tante». Non ho il coraggio di chiederle se effettivamente, con ultima, intenda "l'ultima definitiva". «Vuoi?», domando tendendole la scatolina bianca e rossa aperta, nel metro d'aria che ci separa.

«No, grazie», scuote la testa, facendo ciondolare la coda. «Non fumo».

«Mi sembri alquanto ostinata a difendere la tua salute per essere una che sta guardando con molto interesse il marciapiede dall'ultimo piano di un palazzo».

«E tu mi sembri poco interessato alla tua, dato che ti stai uccidendo lentamente inspirando nicotina bruciata».

«Vivo a New York, l'aria che respiro mi ucciderà comunque», ribatto accendendomi una sigaretta. «Comunque, se fosse la mia ultima ora, credo che vorrei passarla in cima a un grattacielo: almeno avrei qualcosa di bello da guardare… anche se ammetto di non averci mai pensato prima».

«Non hai mai pensato alla morte?», si informa lei, stupita.

«Certo che sì. Tu ci pensi spesso?»

«Ogni giorno».

«Quanti anni hai?», le chiedo.

«Venti».

«E già pensi più alla morte che alla vita…?», vorrei chiamarla per nome, ma non lo conosco. «Come ti chiami?»

«Shannen».

Le tendo la mano. «Piacere, io sono…».

«So chi sei», taglia corto. «Blake Avery, lo scrittore».

«Solo Blake va bene». Ritiro la mano che lei non ha neanche considerato. «Non sei curiosa di sapere che possibilità hai davanti?»

«Scusa se te lo dico, ma credo che tu sia la persona più sbagliata per fare da motivatore. Sei famoso, milionario, le donne impazziscono per te, cosa ti manca? Non hai un solo motivo per schifare la vita, la tua è stupenda».

«Adesso. Non quando avevo vent'anni. Cosa ti ha spinta quassù?»

«Mi sento inutile. Mi sembra che il mondo non abbia un posto per me e non riesco a immaginarmi il mio futuro».

«Be', questo può anche essere un vantaggio. Se tu immaginassi il tuo futuro tipo lavoro dei sogni, casa perfetta e partner ideale, c'è l'alta probabilità che la realtà deluda la tua aspettativa. Poi dovresti convivere con la delusione, l'ignoto invece ha il suo fascino».

«Io non so cosa sto facendo, non ho idee, non ho ambizioni, non c'è niente che mi piaccia davvero». Mentre Shannen parla, con le dita mette in fila delle briciole di intonaco sul bordo del davanzale, dalla più piccola alla più grande. Il suo indice indugia su due grumi grigi che a me sembrano identici come se non sapesse decidere quale sia quello corretto da inserire nella sequenza. «Non so neanche perché mi sono iscritta al college, ho seguito tutti gli altri solo perché mi sembrava la cosa giusta da fare, ma ora che i miei compagni stanno scegliendo i corsi di specializzazione io mi sto rendendo conto che non m'interessa nulla. Non c'è nessuna facoltà che sento mia».

«In cosa sei brava?», le domando spingendo verso di lei un mucchietto di calcinacci che sta dalla mia parte.

«In niente», mugugna.

«Impossibile».

«Le materie scientifiche mi annoiano e oltre un certo livello non le capisco nemmeno; le materie umanistiche invece mi sembrano tutte uguali. In più, non sono abbastanza competitiva per diventare un medico, un avvocato o per qualsiasi professione in cui sia necessario passare sul corpo dei propri colleghi. Anzi, io odio la competizione, il solo pensiero che qualcuno possa giovare di un mio insuccesso mi manda nel panico».

«Sai mettere in ordine le cose», dico, osservando la meticolosità del gradiente di calcinacci che ha disposto sul parapetto.

«È il motivo per cui vedo il dottor Zuckerman. Disturbo ossessivo-compulsivo. Non sopporto il caos. O meglio, quello che a me sembra caos e non risponde al mio ordine mentale. È che io tengo sempre alla perfezione la metà della mia stanza e non vedere l'altra metà in ordine speculare mi manda in crisi».

«La tua coinquilina è una persona caotica?»

«Probabilmente rispetto alla media non lo è ma, per farti un esempio, io rifaccio il letto coprendo anche il cuscino, lei invece no. Ripiega la coperta e lascia il cuscino a vista, e non vedere i letti rifatti allo stesso identico modo mi dà senso di disordine e vado in iperventilazione al punto che devo tirare su anche la sua coperta...». Mentre parla il suo tono si fa sempre più irritato. «Ho provato a spiegare a Prya che io ho bisogno di questo equilibrio, ma lei dice che sono pazza! Forse ha ragione, magari lo sono».

«Oppure la tua mente funziona così e basta».

«Ho creato ventotto diverse sottocartelle nell'archivio della mia casella e-mail perché in quella generale voglio solo i non letti».

Ah, si possono fare delle sottocartelle? «E come sta andando il percorso con Zucky?»

«Oggi un professore doveva consegnarci i test della settimana scorsa ma se li è scordati e io ho dato letteralmente in escandescenza in aula. Ho detto che se noi abbiamo il dovere di prepararci adeguatamente per affrontare il test nel giorno da lui definito, allora lui – per rispetto – deve ridarcelo nel giorno comunicato. Questo perché, a seconda del voto preso, devo organizzare il mio piano di studio e non posso farlo se non ci consegna il test. Io divido le pagine da studiare in base a una tabella di marcia, però devo sapere se includere le pagine vecchie o no, altrimenti non posso fare il conteggio...».

«Respira», la interrompo. Scivolo con discrezione verso di lei, dimezzando la nostra distanza di sicurezza, approfittando della sua distrazione.

«Ma il dottore non c'è e ho cominciato a pensare che non solo non so come organizzare il piano di studi di questo corso, ma non so nemmeno che specializzazione scegliere l'anno prossimo e io non voglio vivere in questa indeterminazione perenne mentre tutte le persone intorno a me sembrano avere la propria vita in mano. Non ho neanche mai avuto un ragazzo».

«Neanche qualche appuntamento?», chiedo stupito. Shannen è una ragazza carina, ha il viso spolverato di lentiggini, due occhi enormi che, dopo il pianto, appaiono ancora più grandi e un fisico dalle curve morbide e sensuali. Sicuramente è il tipo di ragazza con cui ci avrei provato a una festa, ai tempi del college.

«Neanche un bacio», conferma lei.

«Io sono stato una frana per gran parte della mia vita, sai?», dico. «A casa mi paragonavano in continuazione a mio fratello che – accidenti a lui – è sempre stato il figlio perfetto quindi insuperabile. Mia madre non lo ha mai detto ad alta voce, ma si vedeva a un chilometro che lui era il suo preferito e mi sono sempre chiesto se avesse senso fare parte di una famiglia che non mi voleva. Una volta sono perfino scappato di casa: a quattordici anni ho fatto lo zaino e un pomeriggio ho preso il treno e me ne sono andato».

«Dove?»

«A Hoboken. In realtà non avevo un piano, non avevo idea di cosa stessi facendo e mi hanno riacciuffato ancora prima di accorgersi che fossi scappato».

«Come?»

«Ho usato la carta di credito di mia madre in una pasticceria in cui sono andato a strafogarmi della migliore red velvet del Paese. Hai presente la Red Supreme di Butter Factory?»

«La conosco di fama ma non l'ho mai assaggiata».

«È la migliore e credo di averne comprate una dozzina. Non sapevo che il contratto della VISA prevedesse l'invio istantaneo di un sms per ogni transazione superiore ai dieci dollari. Trovarmi è stato così facile che ai miei non è neanche passato per la testa che me ne fossi andato di casa, ma hanno creduto semplicemente che fosse un'altra bravata delle mie».

«Se ti hanno ritrovato così in fretta, però, vuol dire che nonostante tutto i tuoi ci tenevano a te», osserva Shannen.

«Oppure ci tenevano alla carta di credito».

«Quella si può bloccare».

«Ai tuoi importa di te?»

«C'è solo mia madre. Mio padre si è rifatto una vita dopo il divorzio. Altra compagna, altri figli e il nostro rapporto si è perso. Non è né buono né cattivo, non ne abbiamo proprio». Shannen inspira ed espira forte. «È anche per quello che non troverò mai il coraggio di farla finita. Ogni volta che l'idea mi passa per la testa, poi penso che lascerei sola mia madre, e già una volta è stata abbandonata da chi amava».

«Vedi, hai molti più motivi di me per salvaguardare la tua vita».

«Perdona una domanda, Blake, ma se stai bene con te stesso, sei soddisfatto di ciò che hai, hai fatto pace con i tuoi demoni interiori, come mai sei in terapia da Zuckerman?»

«Ah, mi ci hanno mandato. Il mio editore ritiene che abbia problemi con la disciplina. Hai presente quel discorso riguardo al tuo bisogno di ordine e scadenze? Ecco, io sono il tuo esatto opposto».

«Oddio, non so come tu faccia».

«Me lo chiedo anche io, ma qualunque sia il mio metodo funziona. Purtroppo, non funziona per gli altri, quindi eccomi qui».

«Se ti chiedessi un favore, me lo faresti?», mi domanda voltandosi a guardarmi in faccia per la prima volta da quando ci troviamo quassù. La buona notizia è che non sta più piangendo.

«Dimmi».

«Mi baceresti?».

Se non fossi attaccato al parapetto con entrambe le mani, mi sarei già spiaccicato di sotto.

«Baciarti?», ripeto come se non avessi capito.

«Sì».

Scuoto il capo. «No, Shannen. Non voglio essere il tuo ultimo desiderio».

«Cosa vuoi che sia per te un bacio?»

«Il punto non è cosa sarà per me questo bacio, ma cosa sarà per te. Non sarà il primo, ma di certo non sarà l'ultimo, questo te lo garantisco. Smettila di far parlare il mostro».

Lei aggrotta le sopracciglia. «Il mostro?»

«La paura», spiego. «La stai lasciando comandare, le stai facendo prendere decisioni al posto tuo. Devi dirle di stare zitta, che non la vuoi più ascoltare. Mandala affanculo».

«Come se fosse facile».

«*Whenever, Wherever*», dico.

«*Whenever, Wherever*?! Non ti seguo».

«È il mio *Hakuna Matata*. Non so cosa ci sia in quella canzone, ma ha il potere istantaneo di sciacquarmi di dosso le preoccupazioni», le spiego. «È iniziato tutto al saggio del mio ultimo anno di conservatorio, anche perché dopo quella performance non mi ci hanno più voluto; io dovevo esibirmi con *La Campanella* di Liszt, un pezzo di pianoforte molto complesso, e mia madre se ne vantava già da settimane con tutti gli altri genitori. Quando mi sono trovato sul palco, al buio, strizzato nello smoking ereditato da mio fratello che però mi andava comunque troppo stretto, seduto davanti ai tasti bianchi dello Steinway, ho teso le mani e in tutto l'auditorium è riecheggiato lo strappo della manica della giacca. Allora mi sono detto: "Fanculo, se lo devo fare, lo farò a modo mio". E mi è uscita *Whenever, Wherever* di Shakira. Pestavo sui tasti con così tanta violenza che nessuno ha osato avvicinarmisi finché non ho concluso il pezzo».

«E come è finita?»

«Espulso», rispondo. «Ma, cazzo, che applausi».

«Mi sarebbe piaciuto vederlo».

«Proviamo». Prendo il cellulare e dalla app faccio partire la canzone. Lo appoggio tra di noi mentre le note di *Whenever, Wherever* si alzano nell'aria.

«Pensi davvero di dissolvere la mia paura facendomi ascoltare Shakira?», mi domanda scettica.

«Facendoti ascoltare, no. Facendoti ballare, sì».

Scivolo all'indietro e risalto sul pavimento del tetto rivestito con l'impermeabilizzazione catramata, ondeggiando a ritmo della musica.

«Stai... stai imitando Shakira?», mi fissa lei sbattendo le palpebre incredula.

«Hai due opzioni, o unirti a me, oppure buttarti per mettere fine a questo strazio», le tendo la mano destra, a palmo aperto.

«È imbarazzante... è grottesco».

«Non ci vede nessuno, qui», ribatto. «Lero-lo-lè-lo-lè... Allora, sto aspettando te».

Non so se è perché sono convincente o faccio pietà, ma Shannen stringe la mia mano e i suoi piedi finalmente toccano il suolo.

Una cosa è certa, la stretta non la mollo.

La trascino in una serie di giravolte e piroette frenetiche per tutto lo spazio della terrazza, su e giù, avanti e indietro, al ritmo incalzante della musica, con lei che ride scomposta tra un «Oddio, ti prego basta» e un «Ancora! Un'altra».

Al termine della canzone, Shannen si schianta contro di me, sfinita e ansimante.

«Dimmi», le parlo, sorreggendola, «hai ancora paura o vuoi ballarla di nuovo?».

Scuote il capo. «No, ma se faccio un'altra piroetta vomiterò».

«Be', meglio. Fuori tutto!». L'aiuto a recuperare un equilibrio autonomo sui piedi.

Stoppo la musica e noto che sul telefono lampeggia una notifica. La segretaria di Zucky mi comunica che il dottore non rientrerà in tempo e la seduta di oggi è rimandata. «Andiamo a fare un giro? Siamo stati quassù abbastanza, no?».

Shannen annuisce, convinta. «Un giro mi ci vuole». Anche il suo tono di voce ora è più limpido.

«Piano interrato?», domanda mentre pigio l'ultimo tasto dell'ascensore.

«È lì che ho parcheggiato», spiego.

«Ah, credevo che andassimo a fare un giro».

«Infatti», confermo deciso. La cabina ci porta giù e, quando le porte si aprono, le faccio cenno di seguirmi. «Con quella», dico puntando il telecomando per aprire la mia auto.

«Hai una Ferrari?!».

Con il secondo tasto faccio scattare indietro il tettuccio. «Decappottabile. È una giornata splendida, godiamocela».

Imbocco la 9A, guidando in direzione sud e costeggiando il fiume, libero dal traffico del centro. Shannen si rilassa sul sedile del passeggero con l'aria che le spettina la coda.

«Dove andiamo?», mi domanda mentre m'incanalo nell'Holland Tunnel, una delle gallerie subacquee che collega Manhattan alla terraferma.

«Da Ninth Cloud. Se vuoi una buona ragione per vivere, la loro Red Supreme è quella giusta», dico pestando l'acceleratore finché non sbuchiamo sul lato opposto del tunnel.

Parcheggio proprio davanti alla pasticceria, identica a come era diciotto anni fa. Una volta dentro, l'aria è impregnata dell'odore di zucchero a velo, burro e vaniglia. Io e Shannen inspiriamo ingordi.

Lei si china davanti alla vetrina, gli occhi che dardeggiano da un vassoio all'altro. «La red velvet è sicuramente ottima ma qui sembra tutto così buono. Le mini cheesecake alle arachidi e caramello salato, gli eclair ripieni di crema al pistacchio, le boule di fondente ripiene di mousse d'arancia…».

«Uno di tutto, per favore», chiedo al pasticcere.

«Uno di tutto?!». Shannen mi guarda sbalordita.

«Hai tutta la vita per mangiare minestroni».

Ci sediamo a uno dei tavolini celesti con i divanetti rivestiti di vinile bianco. Tra noi due, un vassoio gigantesco, colmo di ogni ben di Dio.

«Sai, Blake, questa è rapidamente passata da essere una delle peggiori giornate della mia vita a una delle migliori», dice, affondando i denti in una red velvet che le lascia la punta del naso sporca di panna. Il tempo di percepirne il sapore sulle papille ed emette un mugolio soddisfatto di goduria. «Mio Dio, è illegale», bofonchia a bocca piena.

«Avevo ragione o no?». Io mi tuffo sulla meringa ripiena di cioccolato.

«Non avevo mai assaggiato dei dolci così buoni. E non ero neanche mai stata su una Ferrari».

«Sai, io credo che non ci si dovrebbe tenere le cose belle della vita per "prima di morire". Andrebbero fatte subito, appena si ha la possibilità: le cose belle aiutano a vivere meglio. Ogni giorno cerco di fare qualcosa che mi faccia venire voglia di rifarlo un'altra volta. Ballerai di nuovo *Whenever, Wherever* quando ti sentirai giù o per festeggiare quando sarai felice, oppure solo perché ti va. Mangerai ancora la red velvet…».

«La Ferrari è un po' meno alla mia portata».

«Per quella ci sono io».

«Oh, sì, certo. Magari tra un mese ti chiamerò e ti dirò: "Ciao Blake, ti ricordi di me? Sono quella del cornicione, mi porteresti a fare un giro con la tua macchina?"».

«Stavo pensando a un'altra cosa ma non so se sei d'accordo», replico scorrendo l'ultimo messaggio di Sasha che mi ricorda che non ho ancora controfirmato i contratti per la cessione dei diritti cinematografici del mio ultimo romanzo. Dove li ho salvati? Non lo so. Ma prima che possa risponderle mi chiama.

«Ho letto l'intervista che mi hai mandato per il "Washington Post"», ringhia Sasha che non sa di essere in vivavoce.

«E allora?»

«E allora hai fatto copia-incolla delle risposte da quella dell'anno scorso per il "Guardian"!».

«Se mi fanno sempre le stesse domande non è mica colpa mia», mi difendo.

«Dai le stesse risposte ma almeno cambiale un po'!».

«Non ho tempo per queste stronzate».

«Sai quanto mi ci è voluto per trovarti questo spazio? Ovviamente no, dato che è il mio lavoro, ma credimi che ho combattuto perché ti dessero queste due colonne, quindi vedi di rimandarmela entro domani».

«Te la faccio mandare dalla mia assistente», ribatto senza alcuna voglia di darle retta.

«Assistente? Quale assistente? Tu non hai...», ma pigio il tasto ponendo fine alla conversazione. «Sasha, la mia agente», spiego a Shannen.

«Devo preoccuparmi?»

«Dunque, tu sei una maniaca dell'ordine e dell'organizzazione, e hai il bisogno fisiologico di governare il caos. Io... be', io sono il caos. Mi serve un'assistente personale, una persona che letteralmente mi gestisca la vita: io devo scrivere, il mio unico pensiero deve essere trovare buone idee e concentrarmi sul raccontarle bene, non posso preoccuparmi di rispondere a e-mail e interviste tutte uguali, archiviare e spedire contratti, insomma, tutto ciò che non è scrittura».

«E questo cosa ha a che fare con me?»

«Fammi da assistente. Detta tu i termini del contratto, lo stipendio che vuoi, che assicurazione sanitaria preferisci, ma liberami di tutto ciò di cui non voglio occuparmi io. Ti do carta bianca: vuoi mettermi le biro per ordine cromatico e dalla più vuota alla più piena in fila sulla scrivania? Procedi. Vuoi creare trentasei sottocartelle di archiviazione nella mia e-mail? Ti do le password anche ora».

«Stai scherzando?»

«No. Tu dici di sentirti inutile, ma a me nessuno sarebbe più utile di una persona precisa come te. Vuoi aiutarmi o vuoi farmi affogare in un mare di scadenze ed e-mail non lette? Ricordati che per te ho ballato Shakira».

Shannen fa cenno di sì, pulendosi delle briciole invisibili dal labbro. «Sarei felice di darti una mano».

«Ottimo. Ah, e sarai il mio filtro con Sasha che è la mia agente ma anche la mia ex moglie, quindi più lontani stiamo, meglio è».

«Gestire il tuo caos e farti da scudo con Sasha, ricevuto», riassume soddisfatta. «A essere sincera, non vedo l'ora di cominciare: non c'è niente che mi dia gioia come un casino da sistemare».

«Allora, quello che sto per dirti ti commuoverà fino alle lacrime: non ripulisco i download da tre anni e ci sono file che ho scaricato almeno quindici volte».

«Era quello che volevo sentire», commenta esaltata. «Ehm... quel bacio che ti avevo chiesto, invece, non è in programma, vero?».

Scuoto la testa con aria seria. «Quando bacerai qualcuno, sarà perché bruci dalla voglia di farlo, non perché ti sembra di non avere più speranza».

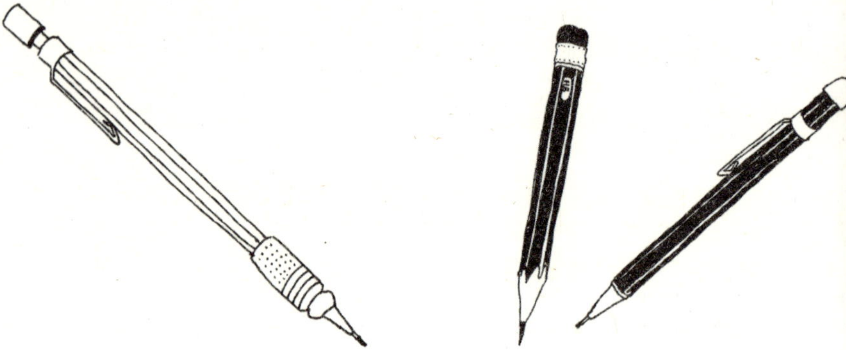

# LA MIA PRIMA SECONDA MOGLIE

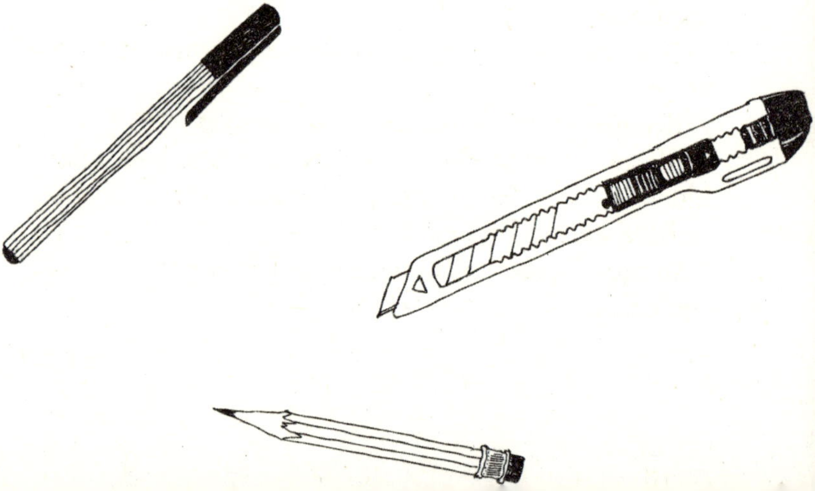

*Renegade – Aaryan Shah*

Alla seduta successiva, incrocio Shannen che esce dallo studio di Zucky. Mi saluta con un cenno del capo prima di andarsene.

Oggi sorride.

«Salve dottore», lo saluto entrando nella stanza dove ha già aperto la finestra nel mio angolo *fumoir*. «Ho saputo che ha avuto un'emergenza familiare: spero nulla di grave e si sia tutto risolto».

«Fortunatamente sì: mia madre è caduta e temevamo si fosse rotta qualcosa – ha quasi novant'anni – ma è tutta intera; è stato più lo spavento che altro. Di solito è mio fratello che la porta dal medico, ha un'auto molto più comoda della mia, ma era fuori città. Mi spiace non aver disdetto in tempo la tua seduta, credevo di far prima».

«Non importa, recupereremo, finché è una sola non mi cambia poi così tanto».

«Recuperare? Non devi recuperare nulla».

«Mi sta condonando una seduta di terapia così, sulla fiducia? Grazie, lo apprezzo».

«Tu la seduta l'hai fatta, ma non con me». Il dottore affonda le mani nelle tasche dei pantaloni con aria soddisfatta.

«Non la seguo».

«Shannen mi ha raccontato del vostro "incontro" sul tetto. L'hai aiutata».

«L'avrebbe fatto chiunque», rispondo con un borbottio sommesso. Non mi sento un eroe. «Ma non credo che intendesse farsi del male davvero».

«Hai trovato la chiave giusta per entrare in sintonia con lei, non l'hai fatta sentire sbagliata, non hai sminuito le sue paure e l'hai riportata in un luogo emotivamente sicuro. Dice che sei una bella persona».

«Non penso di essere una persona così bella, ma almeno provo a non fare schifo».

«Dunque, ora lavora per te?»

«Le ha detto anche questo?»

«Le piace molto, dice che la rilassa».

«Ogni mattina mi manda un messaggio con l'elenco delle scadenze della giornata. Sembra che nel mio casino ci sguazzi come un pesce nel mare. Sasha è molto contenta, erano mesi che mi pregava di trovarmi un'assistente».

«Sasha, la tua agente barra ex moglie», riassume lui.

«Proprio lei».

«Come fate a lavorare ancora insieme, dopo un divorzio?»

«Non è facile e abbiamo i nostri attriti, ma il matrimonio è durato talmente poco che quasi non ce ne siamo accorti».

«Per sposarvi, però, ci sarà stato un momento in cui eravate convinti di essere innamorati, no?»

«Un breve momento di idiozia», mi giustifico. «Libro dopo libro ci siamo progressivamente avvicinati. Non siamo partiti subito bene, noi due. Io venivo dal mio periodo "comune", i primi due anni c'era Carrie.

Sasha ha assistito al graduale deterioramento del mio primo matrimonio e io ho cominciato a vedere in Sasha una persona che mi stimava, che aveva a cuore il mio interesse e che per me c'era. Ovviamente era il suo lavoro, ma io non vedevo la differenza perché per me Sasha è la persona che mi ha cambiato la vita. Prima di lei non avevo uno scopo, non sapevo dove e come investire le mie energie. Anche se aveva sempre questo atteggiamento da stronza di Madison Avenue con la puzza sotto al naso, non potevo non ammirare la sua determinazione».

«A te piacciono le donne con carattere, non è così?»

«Quelle che non stanno ferme ad aspettare che la vita cambi intorno a loro. Sasha è così, nel bene e nel male. Suo padre è stato uno dei più capaci agenti letterari del Paese e lei soffriva il peso della sua reputazione, detestava che tutti pensassero fosse solo la "figlia di". Poteva limitarsi a gestire gli autori del padre e godersi una carriera già avviata, ma lei voleva farsi il proprio nome. E voleva inventare un autore bestseller internazionale. Voleva me». La mia mente vola indietro al giorno in cui l'ho incontrata e mi ha lanciato le chiavi della sua Mercedes perché gliela parcheggiassi. E poi a quando è venuta a cercarmi al pub, a fine turno, a notte fonda. «Non mi era mai capitato prima di essere "voluto" da qualcuno. Quando Sasha mi guardava, non sembrava vedere un barista scalcinato o un parcheggiatore spiantato, lei vedeva di più e mi piaceva quello sguardo».

«Certo, fa piacere essere riconosciuti per le proprie capacità».

«Sa quante volte ho mollato e ripreso il mio primo romanzo? Almeno dieci. Io perdevo fiducia in me stesso, nella storia, nella mia capacità di scrivere, invece

Sasha no. Mi ci ha fatto sbattere la testa finché non l'ho finito. Lei ci credeva più di me e aveva ragione».

«Eppure non sembri uno cui la fiducia in sé stesso manca».

«Oggi», ribatto. «E poi Sasha era il tipo di donna che metteva in soggezione. Ha quella bellezza altera e inaccessibile, un po' del tipo "nessuno è alla mia altezza", e il suo interesse nei miei confronti, benché meramente professionale, compiaceva la mia autostima. Ricordo ancora la prima volta che sono stato a casa sua: sembrava uscita da una rivista di arredamento. Opere d'arte alle pareti, sculture su piedistalli farettati, cella frigo dai vetri fumé piena di bottiglie di vino d'annata... Io me ne sono stato in piedi impalato in mezzo al salotto per tutto il tempo perché non sapevo se e dove potessi sedermi. Ha stappato uno Château Pétrus del '93 da mille dollari come fosse una lattina di soda e io non ho osato berlo per paura di macchiare qualcosa».

«Immagino che in seguito tu ti sia messo a tuo agio».

«Trascorrevamo molto tempo insieme, specie dopo la prima pubblicazione. La vicinanza forzata ha il potere di suggestionare l'immaginazione in modi imprevedibili e la mia ha iniziato a scavalcare il confine professionale. Dopo il secondo romanzo, che ha esordito direttamente in testa alla classifica del "New York Times", contavo i giorni tra una trasferta e l'altra, in più avevo la sensazione che anche a lei piacesse passare del tempo con me...».

∾

«Dobbiamo trovarti una casa più grande», decreta Sasha seduta a terra davanti al tavolino da caffè del mio soggiorno, spaginando la bozza del mio terzo romanzo.

«Quanto spazio può servirmi? Abito da solo».

«Questo appartamento fa tanto coppia di mezza età del New Jersey. Non ti rispecchia».

Il suo invece la rispecchia, è come se fosse una sua estensione.

Mi piace che Sasha sembri sempre chic senza il minimo sforzo: la camicia da uomo bianca è sbottonata sullo scollo ma fresca di tintoria, i capelli biondo chiaro le ricadono lucidi sulle spalle, è scalza e pedicure e manicure sono sempre abbinate e perfette. Il suo profumo è sobrio e discreto, eppure, ogni volta che se ne va, in casa mia la fragranza resta nell'aria per ore.

Riguardo l'appartamento, forse ha ragione, l'avevo scelto con Carrie quando, dopo gli incassi del primo libro, ho pensato che meritassimo di meglio, quindi se dà l'impressione di una casa "da coppia" è perché lo è.

Le do ragione e lei non ci mette neanche ventiquattr'ore a contattare le migliori agenzie della città e trovare una selezione di immobili che mi vengono presentati come "catalogo élite".

«Élite?», le domando sottovoce in un momento in cui l'agente si allontana per farci portare un caffè.

«Tu sei élite ora, Blake», mi risponde.

Sasha ha gusto da vendere, mi fido di lei e nel giro di due settimane mi trasferisco in un loft a due piani a Tribeca dove mi fa organizzare anche un party di inaugurazione.

A differenza di Carrie, qualunque cosa io faccia per Sasha è motivo di celebrazione. E anche se ha diversi anni più di me, non mi tratta come un ragazzino, non c'è maternismo nel suo comportamento verso di me.

Mi fa sentire importante e a me piace sentirmici.

La prima volta che però la vedo guardarmi come un uomo, non come un autore, non come un investimento, è quando andiamo da Armani per la prova del mio abito su misura per la première del film tratto da *Shakespeare's Enigma*.

Non credo di aver mai pagato tanto un vestito in vita mia, ma il modo in cui Sasha sbatte le palpebre quando mi vede uscire dal camerino vale il prezzo.

Lei che ha sempre un'opinione su tutto e l'ultima parola in ogni discussione, boccheggia senza proferire suono.

«Promosso?», domando girandomi su me stesso.

«Pro… promosso», balbetta abbassando lo sguardo sull'orlo della sua gonna. «Ah, i PR della première mi hanno segnalato che non hai ancora dato il nome del tuo "più uno" per l'evento».

«Non sapevo di avere un più uno».

«Ma certo, l'autore ha sempre un più uno».

«Credevo fossi tu il mio più uno», replico sistemandomi un polsino.

«Sì, be', se non hai nessun'altra che ti accompagni…».

«Non vuoi essere la mia più uno?». Qui sono io a fare il finto tonto. So benissimo che Sasha sarà presente, è la mia agente, il posto le spetta di diritto, ma vorrei che mi accompagnasse anche come più uno. Non per delegittimarla del suo ruolo, ma perché, se dovessi pensare a una persona importante per me – la più importante – e che vorrei accanto in un momento del genere, la prima e l'unica che mi viene in mente è lei.

«Ma certo, anzi, sono onorata. È che pensavo che ci fosse qualcuna in particolare e non osavo invadere la tua privacy…». Dal suo tono mi pare che stia sulle spine ma è così poco da lei che non mi azzardo a tirare conclusioni.

Capisco però cosa intende: è capitato più di una volta

che lei arrivasse a casa mia mentre qualcun'altra usciva. Molte volte. La maggior parte delle volte. Non ho mai stabilito relazioni continuative dopo il divorzio da Carrie, almeno non da qualificarsi come "più uno".

«Vorrei che fossi la mia più uno», ribadisco deciso. «Una più uno alla pari, s'intende. Se sarò su quel red carpet è anche e soprattutto per merito tuo, Sasha».

«No, Blake, il merito è tuo. Il talento è tuo». Si alza dalla poltroncina e mi raggiunge. Lo specchio ci restituisce la nostra immagine. Non so lei cosa veda, ma io vedo che insieme stiamo bene.

Forse se ne accorge anche lei, perché il silenzio tra di noi è teso come una resistenza incandescente.

«Spero tu abbia un abito all'altezza del mio», ribatto buttandola sul ridere, per levarmi dall'impaccio.

«Uno solo? Tesoro, ne ho per tutte le prossime première da qui a vent'anni, se è per questo».

La sua battuta si lascia interpretare: significa che potrebbe essere la mia più uno per i prossimi vent'anni? È un lasso di tempo molto lungo da spendere come più uno. Sarebbe molto più che una semplice accompagnatrice.

Lei forse se ne rende conto e se ne esce con una risatina nervosa. «Certo, ammesso che tu continui a scrivere bestseller...».

La sera della première arriva e, contro ogni pronostico, io che non mi agito mai, mi ritrovo ad affrontare un attimo di panico quando vedo il tappeto rosso davanti cui sono assiepati tutti i giornalisti e i fotografi muniti di teleobiettivi.

«Ehi», mi dice Sasha prendendomi il viso tra le mani e obbligandomi a guardarla in faccia. «Te lo sei guadagnato tutto questo, ok? Nessuno là fuori può sostenere che non ti meriti ciò che hai, nessuno ti può togliere ciò che hai costruito. Io vedo autori da quando ero ragazzina, so riconoscere gli impostori e tu non lo sei. Hai il talento, sei genio puro, e possiedi un'intelligenza affilata che fa paura. Dio solo sa se riesci a mettermi in ginocchio con una frase e a darmi ai nervi con una sola parola piazzata bene. Ora vai a prenderti i tuoi applausi, sorridi e non mostrare un briciolo di esitazione su questa splendida faccia da schiaffi che ti ritrovi».

Non so se è il suo profumo, non so se è il suo rossetto che le fa risaltare le labbra, o se sono le sue parole, ma mi tendo verso di lei, le passo una mano dietro al collo e la bacio.

È sorpresa, tuttavia non si ritrae e restiamo lì, bocca contro bocca, finché il valletto apre la portiera e il brusio dei fotografi invade il silenzio dell'abitacolo.

La prendo per mano e percorriamo insieme il red carpet fermandoci a tutti i checkpoint che ci hanno segnalato per posare a favore di obiettivo.

Guardiamo il film ingessati nelle nostre poltrone. Avrei voglia di tenerle la mano, ma non lo faccio. Penso e ripenso al nostro bacio in auto e mi domando se non ho fatto la più grossa cazzata della mia vita.

Cosa mi è saltato in mente?

Perché il raziocinio non mi ha impedito di baciarla?

Alla fine, decidiamo di fare finta di niente, non ci diciamo nulla, non torniamo più sull'argomento e scegliamo la tipica strada degli adulti per risolvere i problemi: ignorarli.

La cosa ci riesce pure abbastanza bene, anche se rischiamo di ricaderci ogni volta che le situazioni ci riservano dell'imprevista intimità.

Magari è una cena da cui siamo gli ultimi ad andarcene, oppure è una serata di lavoro a casa sua o casa mia che si prolunga più del previsto.

Spesso è un gesto involontario come le nostre mani che si sfiorano nel passarsi una penna, come il contatto tra le nostre braccia che dura un volo intero quando ci ritroviamo a condividere il bracciolo tra le nostre due poltrone, o gli sguardi che s'incrociano quando non dovrebbero, rivelando che io stavo fissando lei o lei stava fissando me.

Vinco un Edgar Award, premio di narrativa che prima di me è stato assegnato ad autori come Stephen King, Ken Follett e John le Carré e la sera del gala io e Sasha festeggiamo alla grande.

Non riesco a staccarle gli occhi di dosso, grato che il Cielo abbia messo questa donna sulla mia strada, io che proprio in mezzo a una strada mi ci trovavo in ogni senso possibile.

Brindisi dopo brindisi, l'alcol prende il sopravvento e demolisce quei rigidissimi freni inibitori che hanno blindato l'argomento bacio.

«Sai, forse dovresti smettere di farti vedere in giro con me», dice Sasha mentre la limousine ci porta a casa. Di solito il nostro tragitto prevede che prima scenda lei e poi io al mio appartamento.

«Perché?», le domando.

«Qualcuno potrebbe iniziare a pensare che tra noi due ci sia qualcosa di più che un semplice rapporto agente-autore».

«Per te è un problema?». Me lo chiedo sinceramente perché un po' temo che la risposta sia sì, e il motivo è che non voglia che la mia presenza possa scoraggiare qualche uomo in particolare.

«Magari lo è per te. Lo vedo come ti guardano tutte».

Rido, sollevato che non abbia detto sì. «Tutte, chi?»

«Qualunque donna si trovi nella tua stessa stanza. Vorrebbero avvicinarsi e parlarti ma, se ci sono io, si tengono a distanza».

Allungo la mano sinistra, fino a prendere la sua. «A me piace quando ci sei tu, con me».

«Esserci è il mio lavoro».

«Solo?». Le bacio il dorso, poi le dita, una per una, e lei sussulta colta alla sprovvista.

«Blake», sussurra con il fiato mozzato.

«Solo lavoro?», ripeto.

«Io...».

«Tu?», la provoco. «Avanti, Sasha, sei la donna con il più alto tasso di parole al minuto che conosco, non vorrai smentirti proprio ora».

«Per me è un problema starti sempre intorno, perché se andiamo avanti così non so quanto a lungo il nostro rapporto rimarrà esclusivamente professionale».

Centro! «Allora ammetti che c'è qualcosa tra di noi?»

«Non c'è nulla, Blake». Le sue parole sono inconfutabili, ma il tono con cui le pronuncia non lo è per niente.

«Perché non hai interrotto il bacio, la sera della première?», tiro in ballo l'argomento con tanta sfacciataggine che lei s'irrigidisce contro lo schienale.

«Perché... perché... Non me lo aspettavo».

«Appunto», insisto. «Potevi respingermi, invece non lo hai fatto».

«Ero troppo sorpresa».

«E se ti baciassi ora?».

Sasha si volta a guardarmi e il suo sguardo è indecifrabile: paura? Speranza? Aspettativa? «Non mettiamoci in una posizione difficile, Blake».

«Tanto perché tu lo sappia, non ti sto chiedendo il permesso, ti sto informando riguardo a quello che sto per fare».

«E se io ti respingessi?»

«Sono disposto a giocarmela». Mi tendo verso di lei e la bacio, solo che stasera non sono paralizzato dal nervoso come alla première e mi godo la sensazione della mia bocca sulla sua, del calore delle sue labbra che sanno di Rouge Allure e Margarita.

E Sasha ancora una volta non mi respinge. Mi dà accesso alla sua bocca e il bacio diventa un assalto reciproco, come se questi mesi passati a trattenerci entro i confini professionali ci fossero esplosi in faccia tutti in un colpo.

«È sbagliato», ansima lei sulle mie labbra.

«Sbagliatissimo».

«Sarà un casino», continua, con le dita affondate tra i miei capelli.

«Una catastrofe».

«Ce ne pentiremo».

«Possiamo fermarci se vuoi», la sfido.

«Non credo di riuscirci».

È chiaro che non ci fermeremo affatto.

La limousine frena morbida e l'autista abbassa il séparé dell'abitacolo per annunciare che siamo arrivati da Sasha.

Lei mi guarda con gli occhi lucidi di desiderio. Stavolta, però, non servirà il giro verso casa mia.

«Non sarà necessario che riaccompagni il signor Avery», dice lei all'autista, senza staccare gli occhi dai miei.

La prendo per mano e la trascino fuori dall'auto. «Andiamo a metterci in un sacco di posizioni difficili».

L'ebbrezza persiste anche una volta passato l'effetto

dei cocktail della premiazione. Io, lei, noi, ci sembra tutto perfetto.

Sasha è la donna che ha cambiato la mia vita, io l'uomo che ha cambiato la sua, non potrebbe essere più giusto di così.

Neanche gli anni di differenza sono un problema.

Sasha non è una romantica, le sdolcinatezze e le melensaggini la disgustano. È pratica, ama le soluzioni e ottimizzare i tempi, così la cosa migliore ci sembra andare a vivere insieme. Subito. Da lei.

Lascio il mio appartamento e il primo mese vola senza che ce ne accorgiamo, in un turbine di sesso, premi, viaggi, classifiche e successi che dopano la nostra quotidianità.

A Londra decidiamo di sposarci e ci infiliamo la fede al dito appena atterriamo a New York.

Stavolta ci sono pure i miei, mia madre è felice e stranamente non mi dà nemmeno fastidio.

È una cerimonia davanti al giudice di pace, breve e concisa, proprio come piace a Sasha, ma ci rifacciamo con un viaggio di nozze – che con Carrie non c'è stato – come pochi se ne sono visti. Né a me né a lei mancano i soldi e in tre settimane un volo privato ci porta in tutti e cinque i continenti. Non riusciamo a starci lontani per più di dieci minuti.

Ma non dura.

La normalità e la routine ci mettono di fronte alle nostre diversità e soprattutto alle nostre intransigenze.

L'autorità e il controllo di Sasha proiettano su di me una gabbia invisibile e presto comincio a sentirmi un ospite a casa sua, anziché un legittimo abitante.

Io, invece, la vorrei più spontanea, a volte un po' più

pigra e, perché no, perfino un po' sdolcinata, ma non può diventare ciò che non è.

Sasha è ancora, e soprattutto, la mia agente, e ora esercita il suo ruolo con me ventiquattr'ore su ventiquattro.

Da fuori abbiamo una vita bellissima, l'esatto contrario di ciò che eravamo io e Carrie, ammesso che si capisse cosa fossimo, ma siamo come un cristallo con un'incrinatura, che rischia di esplodere in mille pezzi da un attimo all'altro.

A porte chiuse, io e Sasha ci allontaniamo sempre di più, come se scappassimo l'uno dall'altra: alterniamo liti furiose a sesso sfrenato, finché alle liti non segue più neanche il sesso.

Sasha si chiude nel lavoro, l'unica cosa che le dà davvero soddisfazione; io comincio a godermi il ricco buffet che la fama mi offre: feste, eventi mondani, divertimenti costosi, amici famosi, e il Blake marito diventa un lontano ricordo.

Mi sembra incredibile essere già al capolinea ma sei mesi più tardi decidiamo di guardarci negli occhi, dopo l'ennesima sua sfuriata per una mia scadenza bucata, mentre io le rinfaccio che mi sembra più estranea ora di quando era solo la mia agente.

«Te lo avevo detto che ci saremmo pentiti», dice Sasha scuotendo il capo. È perfetta, avvolta in un ampio cardigan di cachemire beige, i capelli biondi freschi di piega e il bicchiere di vino in mano.

Ultimamente ha sempre un bicchiere di vino in mano, quando la vedo.

«Non voglio i tuoi soldi», puntualizza come se tutto quello che ci sta in mezzo ce lo fossimo già detti, perché tanto non serve, quella "parola".

«E io non voglio i tuoi».

Sul bancone della cucina c'è una bottiglia di Château Pétrus, proprio come la prima volta che ho messo piede nel suo appartamento; un cerchio che si chiude alla perfezione insieme alla porta che mi lascio alle spalle.

«Tu non lo dirai mai neanche con una pistola puntata alla tempia ma a Sasha vuoi un gran bene», è il commento del dottore.

«Piuttosto mi faccio appendere per le palle in Times Square», confermo. «Ma come potrei non voler bene alla persona che mi ha tolto dalla merda?»

«E scommetto la mia laurea che te ne vuole pure lei».

«Sì, se urlare addosso alle persone si può considerare una manifestazione di affetto, in quel caso me ne vuole moltissimo».

«E dopo Sasha e Carrie credi ancora nel matrimonio?»

«Come no!».

«Davvero?»

«Certo», insisto. Mi alzo, la sabbia della clessidra è caduta tutta nell'ampolla inferiore: seduta finita. «In quello degli altri».

«Ah, Blake…», mi chiama lui. «Ancora una cosa».

«Cosa?»

«Shakira?», mi domanda accigliato. «Sul serio?».

Ondeggio il bacino su e giù. «È la chiave giusta».

«Complimenti per il movimento anca-bacino. Dove hai imparato?»

«Mi ha insegnato Dwight, ha tanti difetti ma è un gran ballerino. Le mostro come si fa, se vuole», propongo.

Il dottore scuote il capo. «Non so se ne sono capace».

«È più facile di quel che sembra», mi metto di fianco a lui. «Segua i concetti: per iniziare ricordi di mantenere le spalle sempre parallele al pavimento».

«Spalle parallele al pavimento, ricevuto».

«Ora è tutto un lavoro di gambe e il bacino verrà di conseguenza: le muova come se stesse pedalando su una bici, in piedi e al contrario».

«Su una bici, in piedi, al contrario», ripete lui.

«Destra, sinistra», do il ritmo.

«Destra, sinistra». Il dottore comincia a padroneggiare l'ancheggio. «Così?»

«Ottimo. Ora per accentuare il movimento, inseriamo le spalle: quando abbiamo tutto il peso a sinistra, abbassiamo la destra; quando lo buttiamo a destra, giù la sinistra», gli mostro il gesto, mentre spiego. «Vede come l'ondeggio sembra amplificato? Provi».

«Giù destra, giù sinistra».

«Giù destra, giù sinistra», lo incito. «Così, Zucky!».

«Come scioglie la schiena!».

«Vero? È liberatorio!».

«Dottore, è arrivato il pa...», la segretaria ci fissa dalla porta semiaperta e noi ci congeliamo come se ci avessero colti in flagranza di reato. «Cosa state facendo?».

Zucky è il primo a ricomporsi. «Esercizi, Mildred».

«Posturali», mi affretto ad aggiungere.

Lei però non sembra bersela. «Sì».

# IL MIO PRIMO GOSSIP

*Is It Over Now? – Taylor Swift*

«Sai cosa ho scoperto?», mi domanda Zucky appena entro nel suo studio. «Ieri ero in macchina con mia nipote – ha tredici anni – e la radio ha trasmesso una canzone della sua cantante preferita: Tayreen Hill».

Ops. «Non vedo la novità», ribatto tossicchiando nervoso, «il novanta per cento delle ragazze della sua generazione va pazza per Tayreen Hill».

«Sì, ma Anya mi diceva che quella canzone – *Plot Twist*, mi pare si chiami – Tayreen l'ha scritta in seguito alla rottura con uno scrittore con cui usciva e che l'ha tradita». Il dottore tace e mi fissa.

«Si fa il nome dello scrittore, nella canzone?», domando sedendomi alla mia postazione fumo, la finestra già cortesemente aperta.

«No».

«E allora perché mi sta guardando con aria sospettosamente interrogativa?»

«Vuoi risparmiarmi la fatica di cercare su Google chi fosse "lui"?»

«Come mai insinua che si tratti di me?». Agito su e giù l'accendino che non vuole saperne di funzionare.

«È per come ti sei irrigidito appena ho fatto il nome di Tayreen. In realtà volevo chiederti se fosse un collega di tua conoscenza, così, per pura chiacchiera spicciola, ma il tuo linguaggio del corpo ha parlato per te».

«Colpevole di tutte le accuse», ammetto.

«Una crepa incrina il tuo generoso autoritratto. Tayreen non deve averla presa bene se ti ha dissato in una canzone».

«Wow, Zucky, conosce il dissing?», chiedo stupito.

«Usare canzoni per insultare o rispondere alle offese di qualcuno, me l'ha spiegato mia nipote. Rottura spinosa, dunque?»

«Spinosa e pubblica. Ma posso spiegare».

«Voglio vedere come riesci a smentire il tradimento».

«Non sto dicendo che non l'ho tradita, ma che il motivo per cui l'ho fatto è valido».

«Una giustificazione! Ancora più interessante», commenta versandosi un bicchiere d'acqua.

«Ho conosciuto Tayreen dal mio editore. Lei si trovava lì per incontrare il ghost che avrebbe scritto la sua biografia, *Just a small town girl*, mentre io dovevo incontrare una giornalista per il prelancio del mio romanzo. Io non cercavo una storia...».

«Dai?», ironizza lui. «E io che credevo il contrario».

«Il sarcasmo è previsto dalla sua deontologia?», lo punzecchio.

«Se io ti prendessi sul serio, tu non mi prenderesti sul serio. Faccio esattamente quello che fai tu, Blake».

Touché. «Ok, io, come al solito, non cercavo una storia e quell'occasione non faceva differenza...».

∾

«Complimenti per... tutto», dico a Tayreen, stringendole la mano.

Paula, che ci ha appena presentati, s'intromette.

«Cara Tayreen, devi perdonare Blake, ma credo che non conosca molto bene il tuo percorso musicale».

«Che musica ascolti?», mi domanda lei con un sorriso ampio, che sembra ancora più ampio grazie al rossetto rosso fuoco.

«Tutta tranne, be', la tua», ammetto. Il country-pop non fa per me e quando alla radio annunciano una sua canzone, in genere cambio stazione.

«Allora, siamo pari. Io non ho mai letto i tuoi romanzi», ribatte lei schietta. Onesto io, onesta lei.

«A questo possiamo rimediare». L'editore le allunga la copia stampa del mio che abbiamo usato durante l'intervista. «Anteprima assoluta».

Tayreen prende il volume e se lo rigira tra le mani. «Un ladro gentiluomo», dice sbirciando la trama. «Sembra il titolo di una canzone. Potrei rubarti l'idea».

«Magari non è il tuo genere», obietto. «Non sentirti obbligata ad accettarlo solo per compiacere Paula. Non sono permaloso, non sono uno di quegli autori che pretendono che tutti leggano i suoi romanzi».

«Oh, no. Lo leggerò», ribatte convinta. «In cambio, io ti faccio mandare i miei dischi, anche se magari non sono il tuo genere».

Ci salutiamo così, senza aggiungere altro, ma due giorni dopo ricevo a casa tutti e quattro gli album di Tayreen, accompagnati da un biglietto.

Scambio alla pari.

T.

Mi piace la ragazza, è di parola.

E dato che la situazione si è fatta interessante, la settimana dopo posto sui social una foto del giradischi con il suo terzo album e la didascalia:

Scambio alla pari @tayreenhill

Tra i messaggi privati ne trovo uno suo.

Non proprio alla pari. Il tuo romanzo non è autografato, i miei dischi sì

Il sabato successivo ha un concerto al Madison Square Garden e stavolta è lei a postare una foto nelle sue storie in cui, seduta al trucco e parrucco, sta leggendo il mio romanzo, la copertina in bella vista.

Pre-show con il ladro gentiluomo @blake_avery

Grazie all'intercessione dell'editore, a sorpresa, mi presento al concerto. La incontro nel backstage dopo lo show, con la biro in mano.

«Sono qui per saldare il mio debito», le dico senza salutarla. È inguainata in un body tempestato di strass che, per quanto rivelatore, su di lei non risulta né volgare né provocatorio.

Dopo tre ore di palco, i suoi capelli sono gonfi e annodati, tuttavia ha l'aria più felice del mondo e non riesco a non guardarla.

«Sei qui da quanto esattamente?», mi domanda lei.

«Almeno sei canzoni».

«I miei dischi non devono esserti dispiaciuti dopotutto», suggerisce Tayreen allungandomi il mio romanzo.

«Un po' prevedibile il primo ma si riconosce che il talento, sebbene grezzo, c'è. Il secondo rimane in testa. Nel terzo si sente che stai sperimentando e che il country comincia a starti stretto, l'ultimo mi piace molto», ammetto sincero.

«Potrei dire lo stesso dei tuoi libri», ribatte Tayreen.

«Libri?», chiedo io, osservandola di sottecchi.

«Se ti dico che li ho letti tutti, userai questa informazione contro di me?»

«Probabile», dichiaro. Le restituisco il romanzo, dopo aver scritto la dedica e fatto l'autografo.

Tayreen lo apre e legge. «Considerato che sono stato a un tuo concerto, mi sa che non siamo più pari».

«Nel caso stessimo tenendo il conto».

Io la guardo, lei mi guarda, poi dagli spalti la chiamano per il bis e lei sparisce sul palco.

Non ci sentiamo più e io mi faccio trascinare dai preparativi per la mia uscita che nelle due settimane successive mi assorbono completamente, fino al culmine della serata del party del lancio.

Per l'occasione, l'editore ha riservato la Astor Hall della New York Public Library: cocktail, cena, lettura di alcuni estratti del romanzo, mia presentazione e brindisi di lancio.

I tavoli sono da sei, è invitata la crème dell'editoria, del giornalismo; ci sono anchormen e anchorwomen degli show più seguiti del Paese e tutti mi coccolano.

Al mio tavolo, oltre all'editore e Sasha, ci sono Marina Bronstein, ovvero l'Oprah della East Coast, il curatore della pagina cultura del «New York Times», ma il posto alla mia sinistra è vuoto.

«Il mio volo ha fatto ritardo», dice Tayreen, mettendosi a sedere accanto a me, mentre il catering sta servendo la seconda portata.

Ieri sera si è esibita a Rio de Janeiro e domani sarà a San Paolo.

Sì, so le tappe del suo tour. E il fatto che l'unica sera libera tra due esibizioni in Brasile l'abbia impegnata per venire alla presentazione del mio libro, sparandosi nove ore di volo all'andata e altre nove al ritorno, vuol dire che anche lei tiene d'occhio i miei impegni.

Ci basta un'occhiata per capirci.

«Siamo pari, ora?», mi chiede quando, a gala finito, siamo rimasti solo io e lei nella Astor Hall, il service impegnato a sparecchiare tavoli.

«Ti sei fatta un volo intercontinentale per una presentazione, io ci ho messo mezz'ora di taxi a raggiungere il Madison», le dico. È appoggiata a una colonna, di schiena, e io la imprigiono contro di essa, le mie braccia che le sbarrano le vie d'uscita.

«Sembra che non riusciamo a riscuotere un credito senza creare un altro debito».

«I nostri interessi sono alti».

Lo spazio tra noi due si azzera, con lei che mi tira a sé per i lembi della mia cravatta slacciata. «Il mio aereo decolla tra quattro ore», mormora a voce bassissima.

«Allora, usiamole bene».

È un bacio che ci porta dritti a casa mia e poi nel mio letto, che poi porta al letto della sua stanza di albergo a San Paolo, e poi a incastrare i miei giorni liberi con i suoi, a sfruttare tutti i fusi orari favorevoli, e – quando troppo lontani – a individuare sulla mappa la città che si trova a metà tra dove sono io e dove Tayreen.

I tabloid pubblicano foto di noi due paparazzati durante questi rendez-vous e il nostro rapporto diventa molto pubblico. In sei mesi diventiamo gli AverHill, i cognomi Avery e Hill combinati, e su di noi qualcuno comincia perfino a scrivere fanfiction.

Anche se lo facciamo sembrare facile, non lo è, specie se uno dei due è meno coinvolto: io.

Mi piace Tayreen, è brillante, intelligente, ma, purtroppo, quando non siamo insieme non mi manca.

A lei, invece, manco e per stare insieme di più chiede al suo entourage di diluirle le tappe del tour.

È allora che ricevo una chiamata dal suo agente.

«Devi rompere con Tayreen», decreta Banks, senza troppi giri di parole.

«Credo di andare abbastanza sul sicuro dicendo che la storia tra me e Tayreen non ti riguardi».

«Invece riguarda me e un sacco di altre persone che grazie a Tayreen portano il pane in tavola».

«E, scusami, in questo che colpa avrei io?»

«Tayreen vuole terminare il tour, mentre, prima che incontrasse te, eravamo d'accordo di prolungarlo fino all'anno prossimo».

«Ah, è questo il problema!», esclamo. «Hai paura di perdere incassi».

«Sai meglio di me come funziona questo mondo: se sparisci al momento sbagliato, ti dimenticano in un attimo e dietro l'angolo c'è già chi è pronto a sostituirti».

«Penso che la Envine Records non abbia nessun interesse a sostituire Tayreen», osservo. È un dato di fatto, i bilanci glieli fa girare lei.

«Credi che non abbiano già un esercito di debuttanti pronte a rimpiazzarla?»

«Stai drammatizzando».

«No, sono realista. Tayreen parla di trasferirsi, parla di matrimonio, parla, perdio, di figli!», sbotta. «Ha ventitré anni, Blake».

«È solo l'entusiasmo del momento», ribatto io, cercando di sedare la sua crisi di panico.

«La conosco, so quando è seria e lei ha perso la testa per te. Stava scrivendo per l'album nuovo, sai, prima che vi metteste insieme, ma da allora non ha più buttato giù una strofa».

«Ritroverà l'ispirazione e inciderà un altro album record che ti farà guadagnare palate di dollari».

«Allora non mi ascolti. La ami? Non mi pare, quindi sii onesto, dille che non la ricambi e metti fine a questa storia che per te è solo un passatempo», insiste Banks.

«Io ci sto bene con Tayreen». Ed è vero. Sto bene con Tayreen ma sto bene anche senza Tayreen.

«Quanto vuoi?»

«Eh?»

«Dimmi una cifra».

«Ma tu sei scemo», e riattacco senza convenevoli.

Scemo per scemo, Banks non ha tutti i torti: quando torna dal suo tour, Tayreen mi chiede di accompagnarla in una serie di visite immobiliari perché vuole stabilirsi in città. E vuole che la sua casa piaccia anche a me.

Al suo «In questa stanza potrebbe starci il tuo studio. La luce per scrivere è ottima. La mia sala registrazione sarà insonorizzata, non ti disturberò», mentre visitiamo una townhouse nel Greenwich Village, capisco che Banks, per quanto allarmista, ci ha visto giusto.

Sì, Tayreen ha solo ventitré anni, ma ha voglia di stabilità e di un rapporto serio in cui investire tempo, energia e progetti per il futuro. Io di anni ne ho trenta e non so neanche dove cenerò stasera.

Provo a spiegarle che forse le nostre prospettive non condividono punti di tangenza ma lei fa finta di non sentire e la mia onestà non le interessa.

Secondo lei è solo paura di buttarsi, dobbiamo lavorare sul nostro rapporto.

«Magari mi prendo qualche anno di pausa», butta lì una sera mentre siamo da me, a letto, a mangiare tacos.

È il momento in cui capisco che devo fare qualcosa,

anche qualcosa che non le piacerà, per salvaguardarla da una decisione stupida.

Tayreen è all'inizio di una promettente carriera. Ora è famosa, ma può diventare una star, solo se però non si ferma. E per come la vedo io, fermarsi per me non è la scelta giusta e sono certo che se ne pentirà.

Anche se non è la donna della mia vita – ammesso che ne esista una – non voglio aiutarla a costruire l'altare su cui sacrificare anni di lavoro.

Non passerò attraverso Banks, il suo agente non mi piace e non voglio metterlo in mezzo, ma ormai ho la fama della faccia di bronzo, tanto vale usarla.

Approfitto di un suo viaggio a Lisbona per gli MTV Europe Music Awards per organizzare un finto appuntamento romantico con Quincy, una delle assistenti di Sasha. In cambio del suo aiuto come "prestavolto" offro a lei e alla sua ragazza un viaggio all inclusive alle Turks & Caicos per Capodanno.

Io e Quincy usciamo a cena e, con qualche posa studiata, riusciamo a far sembrare il nostro incontro un tête-à-tête molto intimo e molto segreto, completo di mani intrecciate sul tavolo, abbraccio appartato in un vicolo buio, finto bacio in macchina e tutto ciò che piace ai tabloid. Il giorno dopo le nostre foto sono su tutti i maggiori siti di gossip del Paese e in breve raggiungono Lisbona.

La telefonata di Tayreen è furiosa, non mi lascia neanche lo spazio per replicare – non che voglia farlo – e i nostri contatti finiscono lì.

La primavera successiva esce il suo quinto disco ed è un successo mondiale, trascinato dal singolo *Plot Twist*.

Il testo lascia poco spazio all'immaginazione e in breve mi trovo crocifisso pubblicamente.

*In a room filled with pages, ink-stained and torn,*
*I thought we were writing our love story, reborn.*
*But your* POV *chapters, they cut like a knife,*
*You're the "worstseller" author, living a double life.*

*You penned our tale with sweet words so sublime,*
*But behind closed doors, you were scheming all the time.*
*I believed in your prose, your tales of love and fame,*
*But I see now it was all mischief and shame.*

*You cheated on me, like a plot twist so cruel,*
*In your wicked narrative, I was just your fool.*
*A villain in disguise, your mask finally fell,*
*I'm tearing out the pages of the story you'd tell.*

*Your words were my world, your stories my guide,*
*But now I see through your carefully crafted lies.*
*You were weaving a web of deceit all along,*
*While I was singing out loud our love song.*

*You penned our tale with sweet words so sublime,*
*But behind closed doors, you were scheming, biding time.*
*I believed in your prose, your tales of love and fame,*
*But I see now it was all just mischief and shame.*

*You cheated on me, like a plot twist so cruel,*
*In your wicked narrative, I was just your fool.*
*A villain in disguise, your mask finally fell,*
*I'm tearing out the pages of the story you'd tell.*

*I'm done with your lies, your fiction and fame,*
*I won't play a part in your twisted little game.*
*I'll write my own story, a chapter anew,*
*Without you, without the pain you put me through.*

*You cheated on me, like a plot twist so cruel,*
*In your wicked narrative, I was just your fool.*
*A villain in disguise, your mask finally fell,*
*I'm tearing out the pages of the story you'd tell.*

*You were the "worstseller" author of our love,*
*I'll rise from the ashes like a mourning dove.*
*I'll find my own plot, my own fate to fulfill,*
*I'll be the one to write the pages for my heart to heal.*

Sono io il *worstseller* – simpatico gioco di parole con bestseller – non c'è modo di confondermi.

~

«Dunque le hai fatto credere di averla tradita perché lei ti lasciasse?», conclude Zucky.

«Avevo torto?». Da allora a oggi, la fama di Tayreen ha raggiunto vette inesplorate da qualunque altra artista prima di lei, perché non ha mai mollato e tenuto sempre la barra dritta.

«Non ti senti in colpa per averla fatta soffrire?»

«Ha reagito bene. E poi, ha incontrato altri stronzi dopo di me. Se non altro, io sono quello che ha messo la sua carriera davanti a tutto il resto».

«Anche se sei il cattivo ufficiale della storia».

«Posso conviverci», replico. «Forse oggi l'affronterei in maniera diversa, magari troverei una soluzione meno plateale, o forse no, ma sono comunque convinto di aver fatto la scelta giusta».

«Sai, Blake, stavo facendo una riflessione a ritroso, riguardo tutte le tue esperienze amorose pregresse: Carrie, Sasha, Tayreen... Ti piacciono le donne con un carattere deciso, che sanno cosa vogliono ma, nonostante ciò, hai a cuore la loro indipendenza».

«Non voglio che siano dipendenti da me, io stesso non sono in grado di dipendere da me», osservo alzandomi dalla mia postazione, notando che l'orario di visita è terminato. «Però ha ragione. Credevo di non avere un tipo, ma forse ce l'ho».

«Ne manca una capace di farti mettere in discussione».

«Mettermi in discussione? Io? Impossibile».

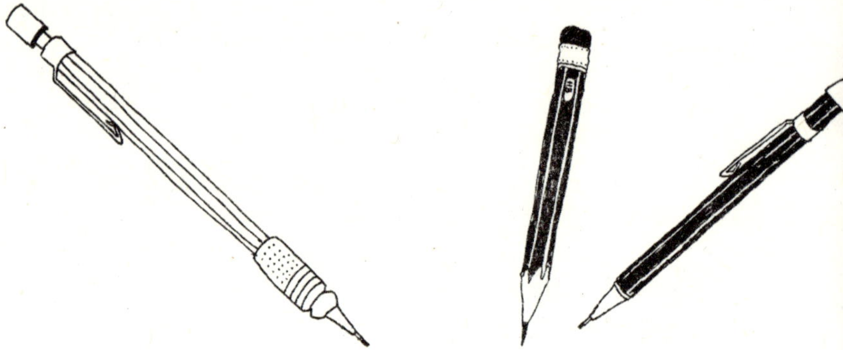

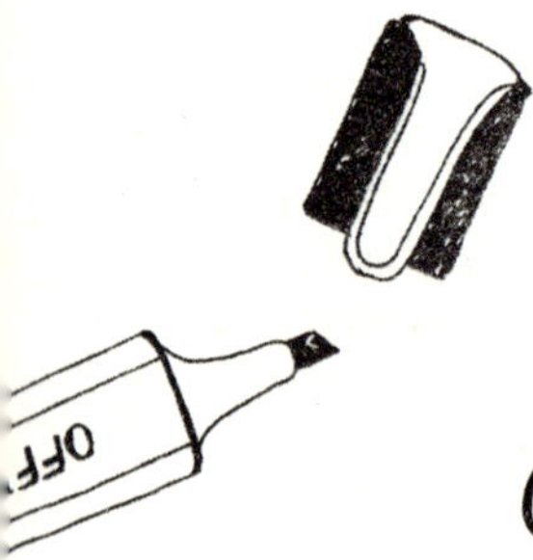

# LA PRIMA VOLTA CHE MIA MADRE MI HA BECCATO

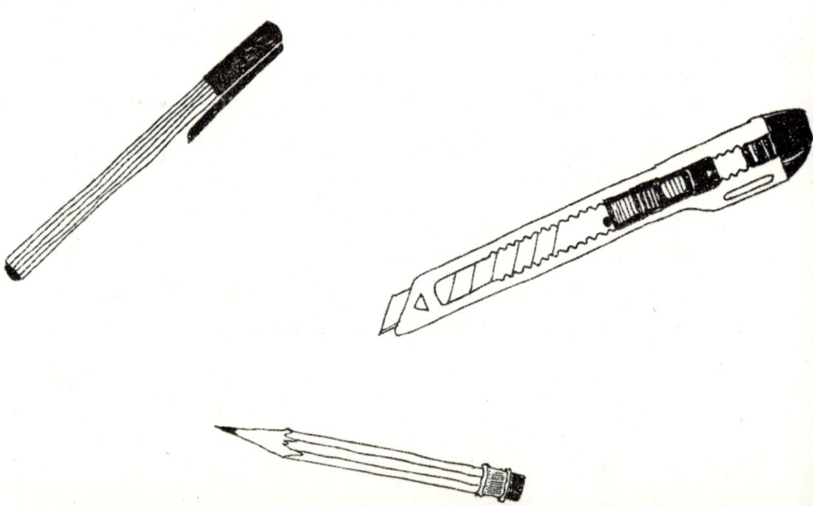

*Playmate of the Year – zebrahead*

«Salve Zucky», saluto il dottore entrando nel suo studio.

Oggi sono puntuale, al minuto, e lui mi osserva con lo stupore negli occhi prendendo il bicchiere di caffè che gli porgo. Diciamo che è diventata la nostra piccola abitudine.

«Ieri sera ho visto la tua intervista al talk-show», dice. «Quella del gioco delle palette: l'ho fatto, non l'ho fatto».

«Perché sento che sta per arrivare una conclusione pungente?», chiedo. Finestra, sigaretta, accendino.

«Oh, no, nessuna conclusione pungente. Anzi, ti faccio i miei complimenti per la tua scioltezza davanti alle telecamere. Mi sembravi molto spontaneo e a tuo agio, nonostante le domande alquanto esplicite che ti hanno rivolto».

In effetti, gli autori del programma non mi hanno risparmiato. «Riguardo al sesso in alta quota e a Tayreen Hill non sarà rimasto sorpreso, mi sono già costituito».

«Vero, devo riconoscerti il pregio della sincerità. Tuttavia, un conto è quello che dici qui a me, a porte chiuse, ben altro è trovarsi a divulgare la propria vita privata e intima in una trasmissione a copertura nazionale. La segue anche tua madre!».

«Come avrà notato, ho davvero un senso del pudore minimo e, per quanto riguarda mia madre, credo che ormai non la stupirebbe più nulla, almeno non dopo quella volta che mi ha beccato con Lindsay», lo rassicuro.

«Lindsay… aspetta, la tua baby-sitter? Quella a cui hai dato il tuo primo bacio? Ma i tuoi non vi avevano visti».

«Ah, ehm, sì perché non le ho raccontato la seconda parte», confesso.

Zucky inarca il sopracciglio destro. «C'è una seconda parte?»

«Sì. Le assicuro che sarà valsa l'attesa. Il fatto risale circa a un anno fa, quando ho accettato di partecipare a un'asta benefica organizzata ovviamente da mia madre per la sera prima della Vigilia, al Golf Club di Bronxville. Il mio contributo erano tutti i miei romanzi, in edizione speciale, autografati. Speravo di sfangarmela mandando solo i volumi, ma mia madre ha detto che avrei dovuto dedicarli alla persona che se li fosse aggiudicati, quindi sono dovuto andare di persona».

«Con molta gioia, immagino».

«Non vedevo l'ora», sbuffo una nuvola di fumo fuori dalla finestra.

~

Arrivo a casa dei miei nel tardo pomeriggio, dato che l'evento inizia con un cocktail di benvenuto, seguito dall'asta e cena danzante, che per me si preannuncia un girone infernale.

Parcheggio la Ferrari nel vialetto e, mentre mi avvio verso l'ingresso, noto una ragazza china sul cofano aperto di un'auto, davanti alla casa dei nostri vicini.

«Problemi?», chiedo accendendomi una Marlboro.

«Mi sa che la batteria è andata...», borbotta la ragazza, raddrizzandosi per poi voltarsi verso di me. «Oddio... Blake?!».

«Ci conosciamo?».

Lei si indica il viso. «Lindsay».

«Oh, cazzo, Lindsay, Lindsay!», il mio tono si carica di sorpresa.

«Proprio io, scemo! Dovrei offendermi, ti sei scordato di me?».

Scuoto la testa, frastornato. «Scordarti? Mai! Non ti ho riconosciuta».

È cambiata parecchio. L'ultima volta che l'ho vista è stata alla sua festa di diploma, poi è andata al college in Florida e ci siamo persi. Saranno passati diciassette anni.

«Cavolo, non dirmi che sono invecchiata così tanto», commenta in tono sconsolato.

«Non direi invecchiata, ma sei diversa. E poi non pensavo nemmeno di ritrovarti da queste parti. Non stai a Miami?», le chiedo, appoggiandomi alla fiancata della sua macchina, accanto a lei.

«Stavo. Da un mese non più e, Cristo santo, mi vergogno da morire a dirlo, sono tornata dai miei. L'azienda di cosmetica per cui lavoravo è stata comprata dalla concorrenza, che ha operato subito un taglio del personale. Contestualmente, l'amica del mio ragazzo "di cui non dovevo assolutamente preoccuparmi" gli è caduta addosso nuda nella nostra vasca da bagno. Ho passato momenti migliori, diciamo».

«Mi dispiace». Le tendo il pacchetto di Marlboro anche se non so se fumi. «Vuoi?»

«Ti prego». Lei sfila una sigaretta e la stringe tra le

labbra, io le porgo l'accendino. «La prendo sul ridere per non prenderla altrove. A te invece va tutto alla grandissima. Neanche io pensavo che ti avrei mai più incontrato, ora che sei una star».

«Prima o poi il mondo si accorgerà che non so scrivere, i miei libri non li comprerà più nessuno e anche io dovrò tornare qui dai miei».

«È tua quella?», mi domanda accennando alla Ferrari.

«Regalo di compleanno», spiego. «Da me a me, con affetto».

«Al mio ultimo compleanno mi sono regalata un trattamento viso», ribatte lei. «Ho avuto anche una reazione allergica gratis che non mi ha permesso di uscire per una settimana».

«A proposito di uscire, che fai stasera?», domando di punto in bianco.

«Affogo nel risentimento, scrollando i social del mio ex e della "sua amica" per capire da quanto tempo fossi cornuta e strafogandomi di pizza fredda. Perché? Vuoi farmi compagnia?»

«Il tuo programma è comunque migliore del mio: gala di beneficenza organizzato da mia madre. Se ti andasse di accompagnarmi, la serata mi risulterebbe sensibilmente più sopportabile».

«Ma l'invito costa. A meno che la beneficenza non vogliano farla a me».

«Sei mia ospite. Anche se il termine esatto è "valvola di sicurezza". Il piano è questo: quando non ne potrò più, ti farò un segnale, tu simulerai un malessere e io, con aria dispiaciutissima, comunicherò che devo lasciare il gala per riaccompagnarti a casa. Ti prego di' di sì. Ti pago».

«Mi accontento di un autografo».
«Vali un po' di più. Cazzo, quanto ti ha buttata giù la rottura con… come si chiamava l'idiota?», domando.
«Chiama. È ancora vivo, purtroppo. Lewis».
«Ok, adesso fai finta che Lewis non esista, vai a farti una lunga doccia calda sciogliscazzo, ti metti il vestito più bello e sexy che hai…».
«Sexy? È un gala di beneficenza».
«Appunto, fammi del bene e migliorami la serata, regalandomi almeno una bella vista», ribatto, facendole l'occhiolino.
«Dio!», esclama lei soffocando una risata. «Ma le donne le conquisti davvero così?»
«Sì».
«Bravo, funziona». Dà l'ultimo tiro e schiaccia la sigaretta sotto lo stivale. «Sexy, come? Discreto o sfacciato?», mi chiede mentre si avvia verso l'ingresso di casa sua.
«Sexy da non farmi pensare dove sono o perché mi trovo lì». Anche io faccio per entrare in casa, ma mi fermo un attimo prima giusto per scambiarci di nuovo i numeri di telefono. «La divisa da cheerleader non ti entra più, vero?»
«Per entrarmi mi entra, ma tra sexy e porno c'è un netto confine e quella è decisamente oltre».
«Ci vediamo qui fuori alle sette, ma fammi aspettare almeno dieci minuti».
Mentre mi vesto, mi arriva una notifica sul cellulare: una foto da Lindsay.
La fotocamera è rivolta verso lo specchio e lo scatto è parzialmente bruciato dal riflesso del flash ma posso vedere distintamente Lindsay fasciata nel completino giallo-blu del liceo.

Cazzo.

Invitarla al gala di beneficenza mi era sembrata un'idea simpatica per un'affettuosa rimpatriata ma al momento non ne sono più sicuro. Almeno, non su "simpatica" o "affettuosa".

All'orario concordato esco e le scrivo che l'aspetto davanti alla mia auto, già in moto col riscaldamento acceso perché l'abitacolo sia bello caldo.

«Dieci minuti di ritardo», si annuncia lei, uscendo con addosso un lungo cappotto bianco aperto su un abito rosso scuro, di pizzo, a collo alto.

«Mi hai illuso», le dico aprendole la portiera.

«Non preoccuparti, c'è la sorpresa».

Richiudo la portiera e poi salgo al posto di guida. Siamo pronti a dirigerci al golf club.

«Mi fa un po' ridere pensare che l'ultima volta che siamo andati da qualche parte in auto guidavo io perché tu ancora non avevi la patente», osserva Lindsay.

«Be', con la tua auto non possiamo certo andare, dato che la batteria è morta», obietto.

«Potresti farmi guidare la tua», propone.

«È una principessa viziata: si muove solo se sente le mie mani».

«Stiamo ancora parlando dell'auto?»

«Sì, ma non sarebbe la sola». Le lancio un'occhiata di sguincio, vedendola ridacchiare tra sé e sé.

«Ci credo che questa Ferrari non si farebbe guidare da nessun altro, se giri il volante così».

«Così, come?»

«Così». Lindsay mima il mio gesto. «Giri il volante con una sola mano a palmo aperto e poi lo lasci scorrere tra le dita. A noi principesse viziate, piace».

«Non ho mai capito perché».

«Il senso di controllo, forse. Non lo so, ci piace e basta».

«Anche tu mi piaci, vestita così. Certo, avrei preferito la divisa da cheerleader...».

«E a te dona molto il completo elegante. Anzi, dato che sei maggiorenne, posso dirti una cosa che ora non mi manderà in galera».

«Devo preoccuparmi?»

«No. Ma prima voglio sapere quanta palestra fai».

«In realtà poca e saltuaria».

«Aspetta», il tono di Lindsay è incredulo, «non vorrai farmi credere che il sedere perfetto che ti ritrovi è tutto merito della generosità di madre natura?!».

«Cammino un sacco», dico, come se fosse una risposta sensata. «Ehi, vuoi dire che mi hai guardato il culo, Lindsay?»

«Mentre risalivi in auto, sei passato davanti ai fari che ti hanno illuminato in tutta la tua gloria», si difende lei in tono divertito. «Come se tu non avessi mai guardato il mio, poi».

«Te l'ho guardato un sacco di volte, se vuoi che sia sincero».

«Allora, siamo pari».

Arriviamo al gala dove a parte i miei non conosco nessuno. Mi viene presentata un sacco di gente di cui scordo il nome nel giro di due minuti e sono oltremodo contento di aver portato Lindsay.

Lindsay che, quando ha tolto il cappotto, mi ha lasciato a bocca aperta: il vestito sarà pur accollatissimo davanti, ma dietro le lascia la schiena nuda fino quasi all'attacco delle natiche. Non ho neanche provato a nascondere l'ammirazione, la schiena scoperta è un mio grandissimo punto debole; lei si è girata, mi ha visto, e mi ha sussurrato all'orecchio: «Ti avevo detto che c'era la sorpresa. Dimmi, pensi ancora che la divisa da cheerleader sia meglio?».

Il suo vestito mi procura un alto tasso di distrazione.

Dopo il cocktail, parte l'asta e la signora che si aggiudica i miei romanzi stacca un assegno per cui dovrei averli scritti a mano a caratteri miniati come un certosino medievale. Boh, vai a capire...

«Com'è che le donne perdono tutte la testa per te?», mi sussurra Lindsay, mentre ci servono l'antipasto.

«Non lo so. Tu hai perso la testa per me?»

«No».

«Peccato».

«Non ancora, almeno», aggiunge.

«Considerando che hai spezzato il mio piccolo cuore di adolescente, dovresti come minimo sentirti un po' in colpa», le rinfaccio, sorseggiando una flûte di champagne. «Invece ti prendi gioco di me».

«Mi sembra che tu sia sopravvissuto più che dignitosamente».

«Simon», rincaro. «Avresti potuto innamorarti di chiunque, invece hai scelto proprio mio fratello. La tua crudeltà non aveva limiti».

«Avevo sedici anni, tu tredici. Tre anni di differenza sembravano venti, allora», si difende.

«E adesso cosa sembrano?», la sfido. «Ora che io ne ho trentuno e tu trentaqua...».

Lindsay mi mette un dito sulle labbra. «No, ti prego, non dirlo».

«Perché?»

«Perché non sono dove avrei voluto essere quando mi immaginavo adulta».

«Non prenderla come un'offesa, ma tu per me ne avrai sempre sedici», le dico.

«Peccato, perché tu come trentunenne mi piaci molto», confessa, il suo indice che sorvola sulle mie labbra, sfiorandole appena.

«Un trentunenne con una sedicenne sarebbe molto molto illegale».

«Per fortuna che non è così».

L'orchestra attacca la musica nella pausa tra le portate e alcune coppie si uniscono al centro della pista, così invito Lindsay a fare lo stesso.

«Mi sembri piuttosto a tuo agio per essere uno che a questa serata non voleva partecipare».

«Nella mia testa sto facendo finta di trovarmi in un'altra situazione».

«Lo fai spesso?»

«L'evasione mentale è l'unico modo che conosco per non diventare pazzo. Vado altrove, ascolto voci di persone che non esistono e che mi parlano, creo un universo parallelo in cui mi sento bene e posso ignorare quello che non mi piace», spiego. «E per farlo mi pagano pure».

«E dove sei adesso?»

«Siamo», la correggo. «Sto fingendo di averti portata al ballo d'inverno del liceo. Per una volta sono io l'Avery che tutti ammirano e, nella mia fantasia, tu non sei invaghita di quel coglione di mio fratello».

«Tranquillo, mi è passata», mi rassicura. «Sai che con Simon ci sono uscita, una volta?»

«Ahhh», esclamo con una smorfia di dolore. «Puoi controllare la mia schiena, per favore? Dovresti trovarci un coltello piantato tra le scapole».

«E mi è bastata. Si era lasciato da poco con la sua

ragazza, parlava solo di sé stesso e quando ci siamo baciati...».

«Baciati?! Vuoi uccidermi, Lindsay?»

«...Mi ha letteralmente sbavato tutta la faccia», commenta lei disgustata. «Mai più».

«Ti sta bene», ribatto con piglio vendicativo.

«Su questo hai ragione, sarebbe dovuta restare una cotta platonica, di quelle da ricordare con romantica e languida nostalgia, invece ora mi provoca solo brividi di ribrezzo».

«Al bacio che ti ho dato io ripenso con affetto. Sei stata la prima».

Lindsay sbatte le palpebre confusa. «La prima?»

«La prima ragazza che ho baciato, sì», confermo.

«Wow, sono stata il primo bacio di Blake Avery. Questo sì che dovrei metterlo sul curriculum». Lei guarda in basso, nello spazio tra noi due, scuotendo la testa. «Be', complimenti, allora. Non sembrava affatto il tuo primo bacio».

«Non devi farmi sentire meglio dopo avermi detto che sei uscita con mio fratello».

«Sono seria». Lindsay mi allaccia le braccia dietro il collo. «Ho baciato ragazzi più navigati ma molto meno... capaci?»

«Figurati», fingo che non mi interessi ma il tredicenne che alberga ancora in me si sente compiaciuto.

«Sei stato dolce».

«E dato che con l'esperienza si può solo migliorare, chissà dove sono arrivato adesso? A resuscitare i morti».

«Può darsi».

«Vedi, avresti dovuto lasciare perdere la differenza d'età e uscire con me. Avremmo fatto un figurone al ballo d'inverno».

«Oh, cielo», esclama Lindsay, aggrappandosi a me di peso.

«Che c'è?»

«Forse non avrei dovuto mischiare vino rosso e champagne», risponde con le gambe che le cedono, costringendomi a sorreggerla. «Gira… gira tutto».

«Torniamo a sederci?», le propongo.

«No, meglio se usciamo. Non vorrei vomitare nel mezzo del gala di tua madre… rovinerei la cena agli ospiti».

Vado a prendere le nostre giacche al guardaroba, saluto i miei al volo – tanto la mia parte l'ho fatta – e torno da Lindsay per accompagnarla all'auto.

Nel parcheggio, però, smette di tenersi a me e riprende a camminare sulle sue gambe. Si appoggia alla fiancata dell'auto e mi fissa. «Hai una sigaretta?»

«Non ti gira la testa, vero?».

Lei alza gli occhi al cielo, con aria da vaga. «Era quello il piano, no?», ribatte lei prendendo il pacchetto di Marlboro dal mio taschino e sfilando una sigaretta.

Io gliela accendo. «Sì, ma io non ti avevo fatto ancora nessun segnale», puntualizzo.

«Non mi andava più di restare».

«E cosa ti va di fare?».

Lei fa spallucce. «Un giro».

Muovo un passo verso di lei. «Un giro, dove?».

Lindsay soffia una nuvola di fumo nella mia direzione. «Dove vuoi tu».

«Sali», replico.

«Torni a New York, più tardi?», mi chiede mentre guido tra le strade semideserte della contea di Bronxville.

Io e Lindsay ci troviamo su un piano inclinato molto

scivoloso. Passiamo dal comportarci come due adulti reciprocamente attratti l'uno dall'altra, che flirtano senza pudore, al ricordarci che siamo stati una babysitter e uno scalmanato tredicenne, rimettendo una pudica distanza tra noi. Avanti e indietro.

«Domani sera. Mia madre voleva che mi trattenessi fino al pranzo di Natale, ma ho contrattato e rimango solo per la cena della Vigilia».

«Dormi ancora nella tua cameretta?»

«La mia cameretta non esiste più da quando ho messo piede fuori di casa. Ho un divano letto nella saletta nel seminterrato, che dopotutto non mi dispiace. Almeno non devo condividere i miei spazi con nessuno, specie con mio fratello che arriverà domattina con quella piaga di sua moglie».

«È sempre il cocco di casa?»

«Il solo e unico», sbuffo.

«Ti senti ancora "L'altro Avery", dopo tutto questo tempo?»

«Certe cose non cambiano mai, ma almeno ora so di essere quello simpatico».

«Di sicuro il più sexy».

Mi volto appena per incrociare lo sguardo di Lindsay, fisso su di me. «Sicura che non ti giri davvero la testa?»

«Sicura».

Dopo un paio di curve, fermo l'auto nel vialetto di casa e lei mi scruta con un'espressione mezza delusa. «Giro finito?»

«Dipende». Mi sporgo verso di lei, il mio viso a un soffio dal suo. «Oppure potrebbe essere appena iniziato». E la mia mano destra scende a sfiorarle l'esterno coscia.

«Che vuoi fare?», mi domanda con voce arrochita.

Nell'abitacolo si sente un "click". «Slacciarti la cintura».

Lindsay sorride scostando il capo. «Forse è meglio che vada a casa prima che commetta qualche sciocchezza».

«Tipo?»

«Non lo so, preferisco non pensarci». Mette la mano sulla maniglia e fa per aprire la portiera. Rieccoci: fine del flirt.

«Lo sai che non sei più la mia baby-sitter, vero?», la fermo.

«Lo so, anche se il ricordo purtroppo torna».

«Perché purtroppo?»

«Perché il motivo per cui ho voluto lasciare la festa è un'idea *molto poco* da baby-sitter».

«Capisco, però non chiudiamo così di netto la serata», dico, cercando di stemperare i suoi dubbi. «Una birra e due chiacchiere», rilancio. Giuro, sono serio, solo una birra e due chiacchiere.

«Ok, ma solo una».

Scendiamo nel seminterrato, che sembra una capsula del tempo in cui si è cristallizzato il passato.

C'è uno dei primi computer che abbiamo avuto in casa, di quelli fissi, ingombranti e dalla plastica ingiallita che mamma ha tenuto perché non si sa mai; un paio di roller che nessuno ha mai usato, il canestro da basket che era appeso sopra al nostro garage, i libri di scuola miei e di Simon perché "buttarli è un peccato"; il frigo che è stato sostituito da quello più performante che "consuma meno" e che però continuiamo a tenere in funzione quaggiù, cosicché invece di un solo frigo in classe energetica A++ ne abbiamo due; i diplomi miei e di Simon incorniciati appesi alla parete, una bandiera americana da esporre per il Quattro luglio e per il Ringraziamento, tutte le videocassette di quando eravamo ragazzini anche se in casa non c'è più un lettore VHS, e l'unica cosa decente: il giradischi di papà.

«Benvenuta nella mia tana», la invito a entrare. Lungo il corrimano della scala di legno sono appese le lucine dell'albero di Natale di quando ero bambino, alcune vanno, altre sono bruciate.

«Che tu ci creda o no, l'interrato dei miei contiene pressoché le stesse identiche cose».

Metto su un vinile, prendo due bottiglie di birra dal frigo, le stappo e gliene porgo una. «Come ogni casa d'America».

«Non credevo che sarei tornata a mettere piede qui», dice lei, sedendosi sul divano che sarà il mio letto.

«Vorrei poter dire lo stesso».

«Io e te ci siamo sempre divertiti. Andavamo d'accordo», osserva.

«Andavamo?», chiedo accomodandomi accanto a lei.

«Andiamo», si corregge.

«Avevo una cotta enorme per te, avresti potuto chiedermi qualunque cosa e sarei stato il tuo schiavo adorante».

Lei prende un sorso, soffocando una risata. «Blake Avery schiavo di qualcuno? Impossibile!».

«Purtroppo hai perso l'occasione di scoprirlo», ribatto.

«Ehi, ma quello laggiù è Twister?», mi domanda indicando uno degli scaffali sovraccarichi alla parete destra.

«Sì, se mia madre non ha utilizzato la scatola per

conservare vecchi documenti inutili». Mi alzo e vado a vedere. Apro il coperchio e all'interno ci sono ancora il tabellone cerato e la ruota con la freccia. «È lui. Dovrei nasconderlo, è un cimelio».

«Oppure potremmo fare una partita», propone.

«Vuoi giocare a Twister?»

«Perché no? Era uno dei nostri passatempi preferiti», insiste.

È anche stato la cornice del nostro bacio. Io lo ricordo bene e sono certo lo ricordi anche lei. Il silenzio teso che cala tra noi due, riempito solo dalla musica del giradischi, unito ai nostri occhi che si fissano, mi dice che è così.

Me lo rivela la sua lingua, con cui sta leccandosi lentamente le labbra.

Lindsay non vuole giocare a Twister. Vuole giocare con me.

«Ci sto». Sposto il tavolino dal centro della sala e stendo la cerata con i cerchi colorati. «Ma con una variante: Strip Twister».

«Cioè, nudi?»

«Oh, no. Iniziamo vestiti. Ma ogni volta che uno dei due cade, si sfila qualcosa. Vince chi rimane con almeno un indumento addosso».

«Sei molto più vestito di me», mi fa notare. «Io ho addosso solo sei capi, tu un completo da sera intero, sei in vantaggio».

Mi levo la giacca e il gilet, che lancio sul divano. «Sei».

«Fai sul serio, allora?»

«Paura di perdere?», la sfido.

«Contro di te? Non c'è dubbio». Lindsay si alza dal divano e viene verso di me. Siamo scalzi e senza tacchi deve inclinare la testa all'indietro per guardarmi.

«Cosa vuoi fare?».

Le sue mani armeggiano con la mia fibbia, producendo un clangore metallico. «Slacciarti la cintura», e così dicendo me la sfila dai pantaloni. «Ora siamo pari».

«Piede destro sul giallo», ordino.

«Chi ha deciso che inizi tu?»

«Gioco mio, regole mie».

Lindsay esegue, posizionandosi sul tabellone. «Mano sinistra sul verde».

Incredibile quanto ora il tabellone ci sembri piccolo e le nostre posizioni si incastrino con molta più frequenza rispetto a quando eravamo ragazzini.

Il primo a cadere sono io, ma mi gioco i calzini, quindi siamo ancora in *safe zone*.

Quando cade Lindsay, fa per sfilarsi la prima autoreggente ma io la fermo. «Quelle per ultime», decreto.

«E il veto sugli indumenti quando l'abbiamo introdotto?»

«Adesso. Per par condicio scegli anche tu cosa io debba levare per ultimo».

Lei mi scruta per un attimo. «La cravatta».

«Ottima scelta».

Lei si toglie la sopragonna lunga, restando con il body. Continuo ad apprezzare sempre di più il suo outfit.

Cade di nuovo lei, poi io e ancora io. Se ne vanno il body, la mia camicia e i pantaloni. Quando ricade Lindsay, il cerchio è ormai stretto a due capi.

«Credevo che non avessi il reggiseno», dico.

«Questo è fatto apposta... ma se le regole non mentono, sembra che io debba toglierlo».

«Sembra di sì».

Lindsay sgancia le bretelle in silicone che glielo assicurano al petto e me la ritrovo davanti in topless, il che azzera la mia capacità di raziocinio. «Piede sinistro sul rosso», mi ordina.

Bastano tre mosse per ritrovarci una sull'altro, il suo seno nudo a una spanna dal mio viso e il bruciante bisogno di toccarlo che mi assale.

«Se non ricordo male ci siamo già trovati in questa posizione», commento.

«Non ti sbagli».

«E mi ricordo anche che tu non sei capace di reggerla».

«Ti aspetti che io cada, Blake?»

«Sappiamo che succederà, quindi la domanda è: gli slip te li levi da sola o te li tolgo io?».

Lei socchiude la bocca e tende la lingua fino a solleticare le mie labbra. «Se tu li togli a me, io li tolgo a te».

Quello che succede dopo è prevedibilmente immediato.

Ci baciamo divorandoci vivi. Prendo d'assedio la sua bocca, mentre crolliamo giù stesi sul tabellone del Twister, lei avvinghiata a me, io che le strappo la sgambatura dello slip per liberarla di quell'inutile diaframma.

Le accarezzo la gamba con avidità, per poi stringere il gluteo e colpirlo con uno schiaffo sonoro. «Anche il tuo è un gran bel sedere».

«Ho bisogno di fare sesso, Blake, quel sesso che ti svuota il cervello e ti fa scordare pure come ti chiami», mi prega calandomi i boxer e afferrando la mia erezione con vigore.

«Con mio grande piacere». La mia fantasia di tredicenne aveva immaginato diversi scenari successivi a quel nostro bacio, ma niente si era avvicinato a qualcosa di simile.

Forti del fatto che l'interrato ha una sua uscita autonoma e i miei sono ancora nel vivo del gala, ci abbandoniamo a un amplesso feroce, animalesco, di quelli sudati, con le strette alla gola, i graffi, i morsi, di quelli con le posizioni che se Twister potesse parlare… meglio di no.

Ogni tanto ci guardiamo e ridiamo, per poi riprendere più forte di prima.

Siamo al terzo giro. Io sono sdraiato sulla schiena e Lindsay sopra di me mi cavalca in preda alla frenesia dell'orgasmo che sta arrivando, lei con ancora le autoreggenti, io nudo e con la cravatta.

Sto per venire anche io, di nuovo, quando…

«Dato che sei andato via prima del dessert mi sono fatta mettere da parte della torta di… mele».

È mia madre che ci fissa dalla scala con un contenitore di alluminio tra le mani, la bocca aperta con la parola "mele" sospesa in aria.

«Blake…», boccheggia, «Lindsay».

Lindsay si copre come può ma ormai mia madre ha visto tutto quello che c'era da vedere e nei suoi occhi è chiaro che ha visto il suo bambino con la baby-sitter.

Mia madre serra le palpebre con forza, si china per appoggiare il contenitore di alluminio sul gradino. «La… la torta la metto… la metto qui». E se ne esce alla cieca e di corsa.

∾

«Ed ecco perché le confessioni pruriginose di un talk show non mi imbarazzano più», dico al dottore.

«Non oso immaginare l'imbarazzo».

«Più che altro l'assurdità della situazione. Da ragazzino sono sempre riuscito a "divertirmi" con le mie ragazze senza mai farmi beccare dai miei, perciò è un grande controsenso che sia accaduto quando di anni ne avevo trentuno. Non so se devo aggiungere che non sono rimasto per il brunch».

«E Lindsay?»

«Ci siamo sentiti lo scorso Natale per farci gli auguri e riderci su. Si è sposata con uno di Philadelphia che ha conosciuto nella nuova azienda in cui lavora».

«E i tuoi?»

«Ho spostato il discorso su un piano filosofico: farsi beccare a fare sesso dalla propria madre è imbarazzante, perché la sfera intima fa parte di quel privato che deve stare fuori dalla portata dei propri genitori, però sono giunto alla conclusione che in ogni caso non possiamo fingere che noi figli non facciamo sesso. Io e Simon siamo nati perché i nostri genitori hanno fatto sesso, quindi niente di nuovo per mia madre, lei ci è passata per prima. E Simon sta per diventare padre e sappiamo tutti che il bambino non lo porterà la cicogna. Ha fatto sesso con sua moglie, è un dato di fatto, anche se nessuno ha incidentalmente assistito al concepimento. Perciò è stato imbarazzante, ma nessuno stava facendo nulla di sbagliato».

«Non so se sei più saggio o paraculo», commenta il dottore, accompagnandomi alla porta. «E non so se mi farebbe piacere a parti invertite».

«I suoi figli fanno sesso, dottore. E con figli, intendo anche sua figlia».

«Grazie del gentile promemoria, Blake».

«Non c'è di che».

# LA MIA PRIMA CONVIVENZA FORZATA

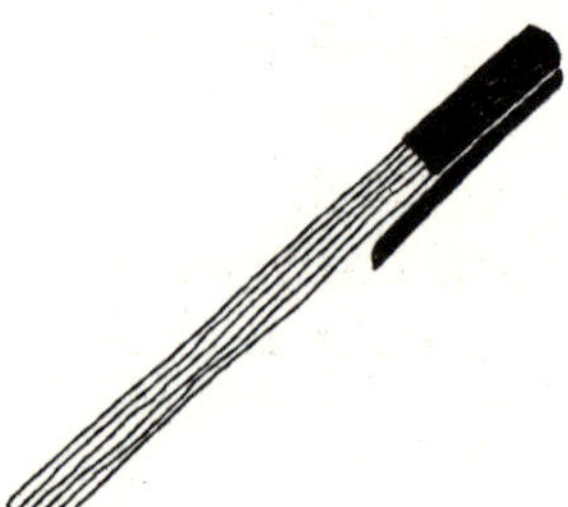

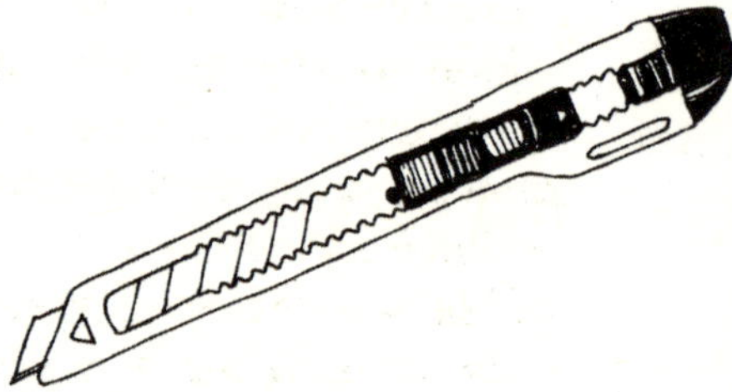

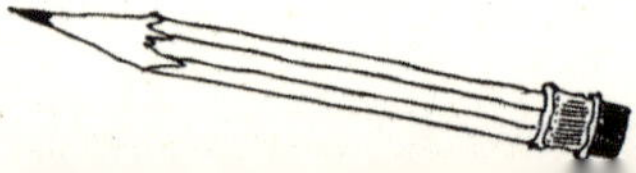

*Misery Business – Machine Gun Kelly, Travis Barker*

Quando entro nello studio del dottore, lui alza gli occhi verso l'orologio a parete, sconvolto. «Hai spaccato il secondo».

«E arrivando dagli Hamptons», preciso.

«Hamptons? Niente male per uno che non fa che criticare l'alta società di Manhattan».

«Sto facendo dei lavori nell'appartamento dove abito e trascorrerò l'estate laggiù ospite di amici».

«Solo o in compagnia?»

«Compagnia intima, ma ora la casa è diventata affollata, e le persone con cui sono costretto a condividerla non mi piacciono. Anzi, le detesto: mi ritrovo sotto lo stesso tetto con quella piattola di George Sullivan e della sua fidanzata precisina e rompipalle. E già pensare che Sullivan si accoppi con qualcuno ha del fantascientifico».

«George Sullivan, il giornalista?», mi chiede.

«Non so se stroncare i miei romanzi sistematicamente ogni volta che gli mancano le idee per una colonna possa reputarsi giornalismo».

«Non è un tuo fan?»

«È la mia nemesi. E ci devo dividere gli spazi. Mi creda, quando me lo sono trovato davanti sabato, non potevo crederci. Il mio peggior incubo diventato realtà».

«Però non sei solo, no?»

«No, c'è una ragazza con me, con cui avevo tutta l'intenzione di godermi ogni superficie orizzontale e verticale di quella casa... è evidente, però, che con questi due impiastri di mezzo non ci godremo un bel niente», sbotto. «Stavamo appunto avendo un confronto fisico molto promettente, diciamo, e Stercorario-Sullivan e la sua badante ci hanno interrotto *in medias res*».

«Lei come si chiama?», mi domanda il dottore.

«Summer Hale. È un'assistente sceneggiatrice. Come faccia a scoparsi Sullivan lo sa solo lei. Mi ha pure sparato lo spray al peperoncino in faccia».

«Intendevo la tua compagna, se posso chiamarla così».

Non avevo capito. «Ah, intende Cheyenne», rispondo. «Compagna è un termine molto avanzato. Ci stiamo vedendo da qualche settimana, ma il nostro rapporto è puramente ricreativo».

«Ma certo, come potrei mai osare pensare il contrario?!». Poi mi guarda aggrottando la fronte. «Curioso però che quando ho fatto riferimento a una lei, tu abbia subito pensato alla fidanzata di George Sullivan».

«Perché mi sconvolge che qualcuna possa pensare di sfiorare quella scoria nucleare senza guanti. Che poi, dottore, se li vedesse, non c'entrano niente l'una con l'altro. Lui è vecchio».

Zuckerman mi guarda con la fronte corrugata. «Sullivan è più giovane di me».

«Li porta male», ribatto. «Non dico che Summer potrebbe essere la figlia, ma quasi. E no, qui il fascino della maturità non c'entra nulla perché Sullivan è un coglione».

«I tuoi libri vendono milioni di copie in tutto il mondo, Blake, perché ti attacchi a quello che pensa George Sullivan? Mi hai sempre dato l'idea di non curarti delle opinioni altrui».

«Sono un essere umano, ho anche io i miei punti deboli. Sullivan mi ha definito la pietra tombale dell'editoria, un flagello, la pestilenza delle librerie, il simbolo del degrado della narrativa contemporanea», elenco. «Io avrò pure i miei difetti, ma non mi sembra di essere colpevole di tutte queste accuse».

«Infatti, non lo sei. È solo il pensiero di una persona su otto miliardi. Una persona con una colonna nella pagina culturale di "USA Today", certo, ma una sola».

«Sembra che stroncare la mia carriera sia la sua crociata personale. Neanche fossi andato a letto con la sua donna!».

«C'è questo rischio?», mi domanda il dottore.

Io strabuzzo gli occhi. «Mai nella vita. Summer è perfino più insopportabile di lui: una petulante so-tutto-io che mi guarda dall'alto in basso. Cioè, in realtà più dal basso perché non mi arriva neanche al mento. "Non si fuma in casa", "Non si usano le scarpe in casa", giuro che quanto a fastidio se la gioca con mia madre».

«Rinchiuso con George Sullivan e la sosia di tua madre: un incubo».

«Ha la stessa capacità di farmi scattare il nervo di mia madre ma a livello estetico non condividono nulla. Summer è più un tipo alla Audrey Hepburn: minuta, occhi da cerbiatto... l'opposto di Cheyenne, che invece è una Barbie scala 1:1».

«E lei che ne pensa della situazione in cui vi trovate?»

«Ah, a sentire Summer dovremmo essere noi a fare le valigie e a sloggiare, ma non ci penso nemmeno, ho diritto a stare là quanto loro».

«Con "lei" mi riferivo sempre a Cheyenne», ribatte il dottore.

«Anche lei non li sopporta ma è più brava di me a fingere. Cristo, sarà un'estate lunghissima se dopo neanche ventiquattro ore sono già alla soglia di un esaurimento nervoso».

«Potrebbe essere un interessante esperimento sociale per mettere alla prova la tua pazienza».

«Non si può testare qualcosa che non si ha».

«Scusa se te lo chiedo ma in tutto questo non mi hai raccontato come sia accaduto che tu e Cheyenne dobbiate condividere la stessa casa con George Sullivan e la sua fidanzata».

«La casa è di proprietà di una coppia che sta divorziando e non si parla. La moglie, Marina Bronstein, ha concesso la casa per l'estate a me; il marito, invece, a Sullivan. Non ci sono hotel o case disponibili in tutta Long Island, ora che si è aperta la stagione. L'appartamento dove sto a New York è impraticabile, Cheyenne deve girare agli Hamptons e, guarda caso, la serie TV in cui recita è la stessa seguita da Summer», spiego in estrema sintesi.

«Siete belli incastrati».

«Credo che leggerà il mio nome nella pagina di cronaca nera entro la fine del mese».

«Oppure scoprirai una versione più diplomatica di te stesso».

«Dubito. Sa che io non so dissimulare e quei due non ci provano nemmeno a risultare gradevoli».

«Tu sì?»

«Io sono arrivato prima», rimbrotto incrociando le braccia al petto. «La notizia meno cattiva è che Sullivan ha ricevuto ordini di lavoro urgenti quindi starà a Manhattan tutta la settimana per tornare negli Hamptons al weekend. Mi rimane comunque Summer sul collo».

«Forse con Sullivan faticherai a trovare un punto d'incontro, ma magari deporre le armi almeno con lei potrebbe essere un inizio. Qui ci siamo dati delle regole e le rispetti, potresti farlo anche nella casa agli Hamptons», m'incoraggia.

«Io invece avevo pensato di rendere la convivenza così insopportabile da costringerli a scappare per sfinimento. E sono ancora convinto che il mio piano sia migliore».

«Fammi sapere se avrai successo», mi saluta lui, al termine della seduta.

«Se?!», chiedo stupito. «Sta mettendo in dubbio le mie capacità?»

«Mai. Ma per una volta sarebbe bello non vederti vincere con troppa facilità».

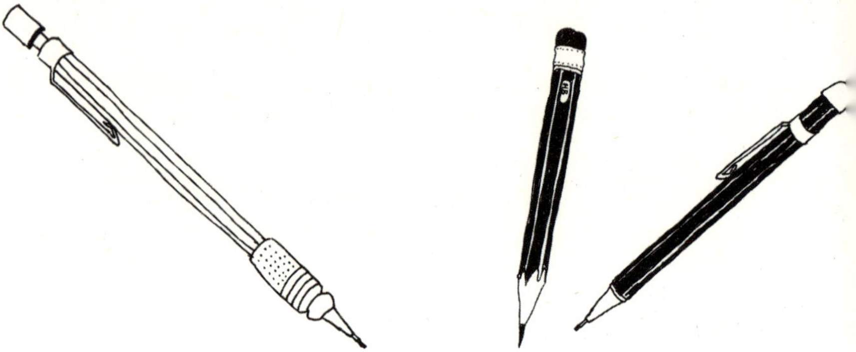

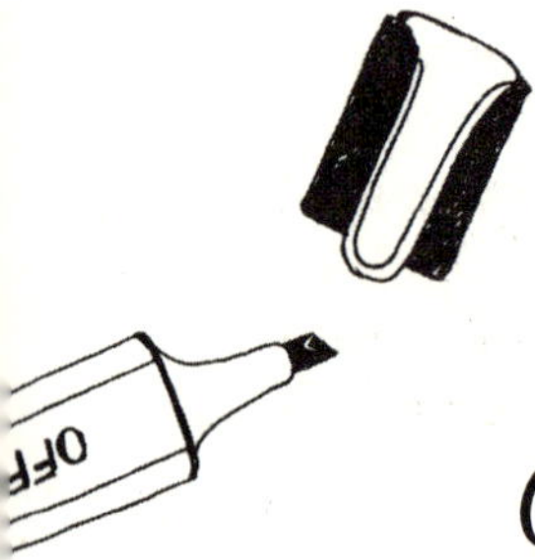

# LA PRIMA VOLTA CHE HO AVUTO TORTO

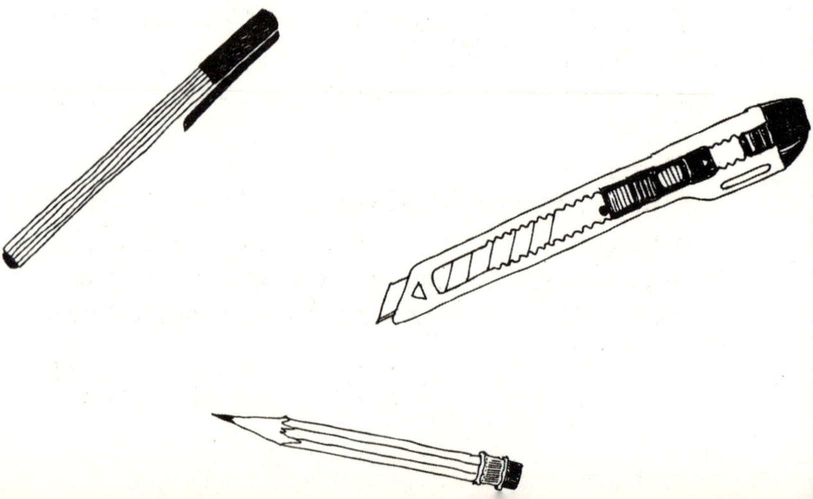

*2step – Ed Sheeran*

Quando entro nello studio di Zucky, lui mi accoglie tra il sorpreso e il divertito.

«Se non avessi imparato a conoscerti, direi che la psicoterapia non ti fa poi così schifo».

Sono in orario, anche stavolta. «In realtà è tutto studiato per ottenere il suo feedback positivo nel riscontro che farà all'editore».

«Sei sulla buona strada. Arrivi sempre dagli Hamptons?»

«Sì. Puntuale e diligente», rispondo con orgoglio. «Più che un arrivo è una fuga».

«E come sta andando la convivenza forzata?»

«Un inferno, grazie», ribatto accasciandomi sulla poltrona, sfinito. «Ho Sasha che mi sta addosso perché finisca il nuovo romanzo e West Coast che mi sta addosso per tutto il resto».

Il dottore inarca il sopracciglio sinistro. «West Coast?»

«Summer».

«Ah, la fidanzata di Sullivan».

«Cheyenne ha accettato un ingaggio importante in Europa ed è partita, quindi adesso ci siamo solo io e lei nella villa. La situazione sta sfociando nel ridicolo.

Lo sa cosa ha fatto quella svitata? Ha diviso la casa in due con lo scotch: una parte è mia, una è sua, e ciascuno deve restare nella propria metà. Berlino Est e Berlino Ovest. Poi ha stilato un decalogo di norme a cui attenersi».

«Mhmm, sembra proprio che il famoso problema con la disciplina che tu sostieni di non avere sia arrivato alla prova del nove».

«Io. Non. Ho. Un. Problema. Con. La. Disciplina», ribadisco con forza.

«Dunque non dovresti avere difficoltà a rispettare queste regole che vi siete dati».

«Non ci siamo dati delle regole. Le ha date lei», preciso stizzito.

«Come sta andando il tuo piano?»

«Non lo so. In realtà sono piuttosto diviso a riguardo: voglio sfinirla perché si levi di torno il prima possibile, ma farla scattare è così facile che si sta rivelando un passatempo alquanto divertente. Dovrebbe vedere come si inalbera tutta quando la si punge sul vivo! Arriccia le labbra e aggrotta le sopracciglia tentando di mettere su un'aria minacciosa che invece fa solo ridere. Ci vuole talmente poco che ormai la prendo in giro senza neanche accorgermene».

«Più che infastidito sembri divertito».

«L'altra sera mi sono tuffato in piscina e, siccome ero solo, ho fatto il bagno nudo. Dopo aver avuto la stessa idea, lei si è svestita e, quando mi sono voltato e l'ho vista, è scappata via nascondendosi con un ficus benjamin», racconto ridendo al ricordo della scena. «Il bello è che io, in quella mezza frazione di secondo in cui mi sono girato verso di lei, non ho davvero visto nulla delle sue nudità mentre lei, lei, chissà da quanto tempo mi stava fissando?!».

«E per te è un problema che ti abbia visto?», mi chiede il dottore.

Io sbuffo con un'alzata di spalle. «Per me? Ma quando mai? Anzi, magari così ha un termine di paragone con George Sullivan e la prossima volta che lo vedrà nudo si domanderà: "Cosa cazzo sto facendo della mia vita"?»

«Sai, Blake, questo potrebbe essere tacciato come body shaming».

«Dottore, ormai dovrebbe saperlo che non ho pensieri politicamente corretti. E poi, perché dovrei essere corretto con qualcuno che mette alla berlina il mio lavoro da anni?»

«Ma come mai ci tieni a competere con Sullivan?»

«Io non competo per Summer, ma penso che lei con quello si stia buttando via, e prima lo capisce meglio è. È un essere umano mediocre e a malapena la considera: come fidanzato ritengo stia facendo un pessimo lavoro».

«E tu parli da esperto?»

«Al momento io non sono fidanzato ma, se lo fossi, non tratterei la mia ragazza come fa lui».

«Sei in competizione».

«Non lo sono», obietto incrociando le braccia al petto.

«Lo sei, che ti piaccia o no».

«Ehi, lei è il mio psicoterapista, dovrebbe stare dalla mia parte».

Zucky scuote il capo ridendo. «Non sono il tuo psicoterapista».

«Sì, lo so che ci eravamo detti che le mie non sarebbero state davvero sedute di terapia, ma dopotutto io mi sono aperto molto nei suoi confronti e ho condiviso dettagli molto privati della mia vita, quindi sì, è il mio psicoterapista».

«Quello che intendo è che non lo sono più», afferma. «Dalla seduta scorsa. Che era l'ultima».

La sua frase mi lascia interdetto. «In che senso era l'ultima?»

«Avevamo concordato dodici incontri, e quello di lunedì è stato il dodicesimo. Oggi non dovevamo incontrarci eppure ti sei presentato lo stesso».

Tento un rapido conto mentale ma la mia totale incapacità di tenere insieme date e appuntamenti me lo impedisce. «Quindi avevamo finito il nostro ciclo di sedute lunedì e non mi ha detto nulla?».

Il dottore mi guarda con un sorriso indecifrabile. «No».

«Perché?»

«Volevo vedere se te ne saresti reso conto tu. Ma mi fa piacere constatare che le nostre chiacchierate sono diventate una tua routine, perché vuol dire che anche tu, nonostante sostenga il contrario, sei capace di averne una e rispettare gli impegni presi. Perfino se ti trovi negli Hamptons. È una questione di volontà, e ce l'hai».

«Oppure sono solo inesorabilmente disorganizzato. Non capisco però perché non mi abbia avvisato Shannen, è lei che si occupa del mio calendario, adesso».

«Le ho chiesto io questo piccolo favore».

Mi sporgo verso di lui con fare accusatorio. «Mi stava facendo un test!».

«Promosso», dichiara lui, soddisfatto. «Sei libero, Blake», dice indicandomi la porta.

«Non me lo aspettavo», ribatto spiazzato.

«Ancora un chiarimento... hai per caso finito le sigarette?»

«No», replico tastandomi il pacchetto che tengo nella tasca dei jeans. «Perché?»

«Ho notato – ma tu evidentemente no – che né la seduta scorsa, né oggi ti sei fiondato a fumare la sigaretta che ti avevo concesso».

Anche su questo ha ragione; di solito dopo due passi ho già la Marlboro in bocca pronto ad accenderla. «È un caso».

«E se non lo fosse?»

«È che sono così stressato dalla situazione alla villa che mi scordo perfino di fumare quando posso», mi difendo. «Non è niente di che».

«Un niente che però sembra star funzionando», mi saluta lui, tendendomi la mano. «Ah, prima che te ne vada, posso chiederti un favore?»

«Se posso soddisfarlo».

Il dottore sposta dalla libreria una serie di volumi di psicologia, rivelando una seconda fila di libri dei quali riconosco i dorsi a occhio. «Me li autograferesti?»

«Zucky, ma ha tutti i miei romanzi!», esclamo stupito. Mi tende *Shakespeare's Enigma* e dal colophon noto che è la prima edizione. «Perché non me lo ha detto prima?»

«Perché se tu avessi saputo che sono un tuo fan, te ne saresti approfittato».

«Dottore, lei è diabolico».

«Abbiamo giocato alla pari».

SUMMER
OFFICE

*Sette mesi dopo*

*10 Out Of 10 – Oliver Heldens, Kylie Minogue*

«E tutti gli scatoloni che sono impilati in fondo alla cabina armadio?», domando a Blake mentre siamo impegnati nel trasloco nell'appartamento a New York, una volta terminati i lavori.

«Che scatoloni?», mi domanda lui guardando la catasta di imballi traboccanti che sono stati portati dal magazzino in cui Blake aveva stoccato momentaneamente le sue cose.

«Shannen ha lasciato un biglietto con scritto "Mi arrendo: nemmeno io ho idea di che ordine dare a questa roba"», dico tendendogli il pezzo di carta scarabocchiato a pennarello.

Se Shannen batte in ritirata, vuol dire che la situazione è grave.

«Non lo so, brucia tutto», dichiara risolutivo lui. «La mia regola è che se non mi ricordo cosa c'è dentro, vuol dire che non mi serve».

«Ma se non ti ricordi cosa c'è, come fai a sapere che non ti serve?», obietto io.

«Ascolta, Summer, stasera possiamo fare due cose: smistare quell'ammasso di cianfrusaglie che, ti assicuro, alla fine decideremo di buttare, oppure testare le molle del divano che ci hanno appena consegnato», replica lui rivolgendomi un occhiolino molto eloquente. «Io voto divano».

In effetti, il divano ha la sua attrattiva, specie dopo una giornata intera passata a guardare Blake farmi avanti e indietro davanti agli occhi a torso nudo, a spostare scatole e pacchi. I traslochi non sono mai stati così sexy ma… «Non riuscirò a godermi "il divano" finché non saprò che anche questa cabina armadio è in ordine».

«Neanche se ti faccio quella cosa che ti piace tanto?», mi provoca.

Oddio, forse… «Non potrei godermela al pensiero di quegli scatoloni ammucchiati a casaccio lì dentro».

Blake alza gli occhi al cielo. «Va bene, hai carta bianca, fanne ciò che vuoi. Ti aspetto di là, quando hai finito. Ma intanto che smisti quelle cianfrusaglie, pensa a me, nudo».

«Sarò velocissima», dico vedendolo sparire. «Metti un copridivano, prima!», urlo.

È nuovo, dopotutto.

Mi inginocchio nella cabina armadio e do un'occhiata al primo scatolone, dove in effetti non c'è nulla che abbia senso conservare e che divido in "riciclo" e "beneficenza". Nel secondo ci sono alcuni libri che le case editrici gli hanno mandato da leggere, documenti, ricevute, copie delle chiavi delle porte vecchie, una busta di quelle imbottite con scritto "Dottor Gregory Zuckerman – Psicoterapista", aperta.

Contiene un taccuino nero, anonimo, e un cartoncino scritto in una grafia sottile ed elegante.

Nel caso avessi di nuovo problemi di disciplina e volessi riguardare il tuo percorso.

Zucky

Incuriosita prendo il notes e lo sfoglio, vergato nella stessa identica grafia.

C'è il racconto di un primo bacio, di una prima volta, di Carrie, di Sasha, e nelle ultime pagine compare perfino il mio nome, così decido di leggerlo con più attenzione.

Sono tutte le storie d'amore che Blake ha avuto nella sua vita, le sue prime esperienze, le sue prime delusioni, resoconti di quando hanno spezzato il cuore a lui e quando lui lo ha spezzato a qualcun'altra.

Un po' mi fa arrabbiare, un po' mi fa tenerezza e un po' mi rende anche orgogliosa di stare con lui, come se non lo fossi già.

Non sapevo che Blake fosse stato in terapia e per un attimo mi sembra di star facendo la cosa sbagliata a frugare tra i suoi ricordi, ma è anche vero che non l'ho fatto apposta né con cattive intenzioni.

Anzi, mi sembra di amarlo ancora di più, se non fossi già innamorata da impazzire.

«Allora?», mi domanda Blake facendo capolino nella cabina armadio. «La spazzatura ti ha risucchiata?»

«No, mi sono solo un po' persa tra la confusione», mento, richiudendo il taccuino.

«Che è quello?», mi chiede accennando al blocco senza però dare segno di riconoscerlo.

«Appunti», rispondo vaga.

«Sarà una qualche schifezza senza senso. Te l'ho detto che è tutto da buttare, non perderci tempo». Mi tende la mano per aiutarmi a rimettermi in piedi. «Vieni di là, ho ordinato la pizza. E ho messo il copridivano».

«Tu sì che sai come sedurre una donna».

Ma prima di seguirlo, infilo il taccuino degli incontri col dottore tra le scatole del cambio stagione.

Questo lo voglio tenere. Di Blake non si butta nulla.

# *Ringraziamenti*

Se stai ancora leggendo, grazie mille a te che hai scelto di trascorrere il tuo tempo insieme a questa storia. I personaggi prendono vita proprio nell'immaginazione dei lettori, senza non esistono.

Ringrazio di cuore tutta la mia famiglia, specie il mio compagno a cui dico sempre: "Dopo questo libro mi prendo qualche settimana di vacanza e andiamo a farci un giro", e poi puntualmente mi metto a lavorare a qualcosa di nuovo e in vacanza non ci andiamo.

Anche ora, sta succedendo questo.

Grazie mille alla mia famiglia Newton Compton che accompagna ogni mia storia nelle librerie: Raffaello Avanzini, l'editore; Elena Paganelli, la mia editor; Antonella Sarandrea, Bianca Giordano e Beatrice Maione dell'ufficio stampa; Marzia Rombi della redazione e tutti coloro che riempio di e-mail, messaggi e vocali. Grazie per non avermi ancora bloccata.

Grazie a tutte le amiche vicine e lontane, Elisa, Silvia, Azzurra Sichera, Lea Landucci, Naike Ror e Paola Chiozza… magari riusciremo a vederci più di due volte l'anno?

Grazie a tutti i creator che in questi anni non hanno mai mancato di mostrarmi calore e appoggio, accogliendo con entusiasmo ogni mia nuova storia.

Sono già al lavoro per il prossimo!

Un abbraccio,

F

P.S. Anche Blake Avery ci tiene a ringraziare tutti.

# PLAYLIST

Ecco tutte le canzoni che mi hanno fatto pensare a tutti gli step della vita sentimentale di Blake. Potete ascoltare la playlist dal mio account Spotify inquadrando il QR!

*Gold on the Ceiling* – The Black Keys
*Teenage Dirtbag* – Wheatus
*I Just Had Sex* – The Lonely Island (feat. Akon)
*Sk8er Boi* – Avril Lavigne
*Slut!* – Taylor Swift
*Flavor of the Weak* – American Hi-Fi
*I Believe in Love Again* – Lenny Kravitz, Peggy Gou
*Whenever, Wherever* – Shakira
*Renegade* – Aaryan Shah
*Is It Over Now?* – Taylor Swift
*Playmate of the Year* – zebrahead
*Misery Business* – Machine Gun Kelly, Travis Barker
*2step* – Ed Sheeran
*10 Out Of 10* – Oliver Heldens, Kylie Minogue

# INDICE